Tucholsky   Wagner   Zola   Scott   Sydow   Freud   Schlegel
Turgenev   Wallace   Fonatne
Twain   Walther von der Vogelweide   Fouqué   Friedrich II. von Preußen
            Weber   Freiligrath   Frey
Fechner   Weiße Rose   von Fallersleben   Kant   Ernst   Frommel
       Fichte   Richthofen
Fehrs   Engels   Fielding   Hölderlin
         Faber   Flaubert   Eichendorff   Tacitus   Dumas
    Maximilian I. von Habsburg   Fock   Eliasberg   Ebner Eschenbach
Feuerbach   Zweig
                 Ewald   Eliot   Vergil
    Goethe   London
Mendelssohn   Balzac   Shakespeare   Elisabeth von Österreich
                Lichtenberg   Rathenau   Dostojewski   Ganghofer
   Trackl   Stevenson   Doyle   Gjellerup
Mommsen   Tolstoi   Hambruch
         Thoma   Lenz   Hanrieder   Droste-Hülshoff
Dach   Verne   von Arnim   Hägele   Hauff   Humboldt
      Reuter   Rousseau   Hagen   Hauptmann   Gautier
   Karrillon   Garschin
                Defoe   Baudelaire
   Damaschke   Descartes   Hebbel
                                      Hegel   Kussmaul   Herder
Wolfram von Eschenbach   Dickens   Schopenhauer   Rilke   George
   Bronner   Darwin   Melville   Grimm   Jerome   Bebel   Proust
      Campe   Horváth   Aristoteles   Voltaire   Federer
Bismarck   Vigny   Barlach   Heine   Herodot
              Gengenbach
   Storm   Casanova   Tersteegen   Gilm   Grillparzer   Georgy
         Chamberlain   Lessing   Langbein   Gryphius
Brentano   Claudius   Schiller   Lafontaine
Strachwitz   Schilling   Kralik   Iffland   Sokrates
      Katharina II. von Rußland   Bellamy   Raabe   Gibbon   Tschechow
                                  Gerstäcker
Löns   Hesse   Hoffmann   Gogol   Wilde   Gleim   Vulpius
   Luther   Heym   Hofmannsthal   Klee   Hölty   Morgenstern
      Roth   Heyse   Klopstock   Kleist   Goedicke
Luxemburg   Puschkin   Homer   Mörike
         La Roche   Horaz   Musil
   Machiavelli   Kierkegaard   Kraft   Kraus
Navarra   Aurel   Musset
              Lamprecht   Kind   Kirchhoff   Hugo   Moltke
   Nestroy   Marie de France
                   Laotse   Ipsen   Liebknecht
   Nietzsche   Nansen
           Marx   Ringelnatz
von Ossietzky   Lassalle   Gorki   Klett   Leibniz
      May   vom Stein   Lawrence   Irving
Petalozzi
   Platon   Knigge
      Sachs   Pückler   Michelangelo   Kock   Kafka
         Poe   Liebermann
   de Sade   Praetorius   Mistral   Zetkin
                                          Korolenko

Carsten Curator

Theodor Storm

Impressum

Autor: Theodor Storm
Umschlagkonzept: toepferschumann, Berlin

Verlag: tredition GmbH, Hamburg
ISBN: 978-3-8424-1270-5
Printed in Germany

Ziel der TREDITION CLASSICS ist es, tausende deutsch- und
fremdsprachige Klassiker wieder in Buchform verfügbar zu
machen. Die Werke wurden eingescannt und digitalisiert. Dadurch
können etwaige Fehler nicht komplett ausgeschlossen werden.
Unsere Kooperationspartner und wir von tredition versuchen, die
Werke bestmöglich zu bearbeiten. Sollten Sie trotzdem einen Fehler
finden, bitten wir diesen zu entschuldigen. Die Rechtschreibung der
Originalausgabe wurde unverändert übernommen. Daher können
sich hinsichtlich der Schreibweise Widersprüche zu der heutigen
Rechtschreibung ergeben.

Theodor Storm

Carsten Curator

Eigentlich hieß er Carsten Carstens und war der Sohn eines Kleinbürgers, von dem er ein schon vom Großvater erbautes Haus an der Twiete des Hafenplatzes ererbt hatte und außerdem einen Handel mit gestrickten Wollwaren und solchen Kleidungsstücken, wie deren die Schiffer von den umliegenden Inseln auf ihren Seefahrten zu gebrauchen pflegten. da er indes von etwas grübelnder Gemütsart und ihm, wie manchem Nordfriesen, eine Neigung zur Gedankenarbeit angeboren war, so hatte er sich von jung auf mit allerlei Büchern und Schriftwerk beschäftigt und war allmählich unter seinesgleichen in den Ruf gekommen, daß er ein Mann sei, bei dem man sich in zweifelhaften Fällen sicheren Rat erholen möge. Gerieten, was wohl geschehen konnte, durch seine Leserei ihm die Gedanken auf einen Weg, wo seine Umgebung ihm nicht hätte folgen können, so lud er auch niemanden dazu ein und erregte folglich dadurch auch niemandes Mißtrauen. So war er denn der Curator einer Menge von verwitweten Frauen und ledigen Jungfrauen geworden, welche nach der damaligen Gesetzgebung bei allen Rechtsgeschäften noch eines solchen Beistandes bedurften.

Da bei ihm, wenn er die Angelegenheiten andrer ordnete, nicht der eigne Gewinn, sondern die Teilnahme an der Arbeit selbst voranstand, so unterschied er sich wesentlich von denen, welchen sonst derartige Dinge zu besorgen pflegten; und bald wußten auch die Sterbenden als Vormund ihrer Kinder und die Gerichte als Verwalter ihrer Konkurs- und Erbmassen keinen besseren Mann als Carsten Carstens an der Twiete, der jetzt unter dem Namen »Carsten Curator« als ein unantastbarer Ehrenmann allgemein bekannt war.

Der kleine Handel freilich sank bei so vielen Vertrauensämtern, welche seine Zeit in Anspruch nahmen, zu einer Nebensache herab und lag fast nur in den Händen einer unverheirateten Schwester, welche mit ihm im elterlichen Hause zurückgeblieben war.

Im übrigen war Carsten ein Mann von wenig Worten und kurzem Entschluß und, wo er eine niedrige Absicht sich gegenüber fühlte, auch auf eigne Kosten unerbittlich. Als eines Tages ein sogenannter »Ochsengräser«, der seit Jahren eine Fenne Landes, nach derzeitigen Verhältnissen zu billigem Zinse, von ihm in Heuer gehabt hatte, unter Beteuerungen versicherte, daß er für das nächste Jahr bei solchem Preise nicht bestehen könne, und endlich, als er damit kein Gehör fand, sich dennoch zu dem früheren und, da jetzt auch dieses Angebot zurückgewiesen wurde, sogar zu einem höheren Heuerzinse verstand, erklärte Carsten ihm, daß es keineswegs seine Sache sei, jemanden mit seiner Fenne in unbedachten Schaden zu bringen, und gab hierauf das Landstück zu dem alten Preise an einen Bürger, der ihn früher darum angegangen war.

Und dennoch hatte es einen Zeitraum in seinem Leben gegeben, wo man auch über ihn die Köpfe schüttelte. Nicht als ob er in den ihm anvertrauten Angelegenheiten etwas versehen hätte, sondern weil er in der Leitung seiner eignen unsicher zu werden schien; aber der Tod, bei einer Gelegenheit, die er öfters wahrnimmt, hatte nach ein paar Jahren alles wieder ins gleiche gebracht. – Es war während der Kontinentalsperre, in der hier sogenannten Blockadezeit, wo die kleine Hafenstadt sich mit dänischen Offizieren und französischem Seevolk und anderseits mit mancher Art fremder Spekulanten gefüllt hatte, als einer der letzteren auf dem Boden seines Speichers erhängt gefunden wurde. Daß dies durch eigne Hand geschehen, war nicht anzuzweifeln, denn die Verhältnisse des Toten waren durch rasch folgende Verluste in Ruin geraten; der einzige Aktivbestand seines Nachlasses, so wurde gesagt, sei seine Tochter, die hübsche Juliane; aber bis jetzt hätten sich viele Beschauer und noch keine Käufer gefunden.

Schon am andern Vormittag gelangte von dieser die Bitte an Carsten, sich der Regulierung ihrer Angelegenheiten zu unterziehen; aber er wies das Ansuchen kurz zurück: »Ich will mit den Leuten nichts zu tun haben.« Als indessen der alte Hafenarbeiter, der dasselbe überbracht hatte, am Nachmittage wiederkam: »Seid nicht so hart, Carsten; es ist ja nur noch das Mädchen da; sie schreit, sie müsse sich ein Leides tun«, da stand er rasch auf, nahm seinen Stock und folgte dem Boten in das Sterbehaus.

In der Mitte des Zimmers, wohin ihn dieser führte, stand der offene Sarg mit dem Leichnam; daneben auf einem niedrigen Schemel, mit angezogenen Knien, saß halb angekleidet ein schönes Mädchen. Sie hatte einen schildpattenen Frisierkamm in der Hand und strich sich damit durch ihr schweres goldblondes Haar, das aufgelöst über ihren Rücken herabhing; dabei waren ihre Augen gerötet, und ihre Lippen zuckten von heftigem Weinen; ob aus Ratlosigkeit oder aus Trauer über ihren Vater, mochte schwer entscheidbar sein.

Als Carstens auf sie zuging, stand sie auf und empfing ihn mit Vorwürfen: »Sie wollen mir nicht helfen?« rief sie. »Und ich verstehe doch nichts von alledem. Was soll ich machen? Mein Vater hat viel Geld gehabt; aber es wird wohl nichts mehr da sein! Da liegt er nun; wollen Sie, daß ich auch so liegen soll?«

Sie setzte sich wieder auf ihren Schemel, und Carstens sah sie fast staunend an. »Sie sehen ja, Mamsell«, sagte er dann, »ich bin eben hier, um Ihnen zu helfen; wollen Sie mir die Bücher Ihres Vaters anvertrauen?«

»Bücher? Ich weiß nichts davon; aber ich will suchen.«

Sie ging in ein Nebenzimmer und kam bald wieder mit einem Schlüsselbund zurück. »Da«, sagte sie, indem sie es vor Carstens auf den Tisch legte; »Sie sollen ein guter Mann sein; machen Sie, was Sie wollen; ich kümmre mich nun um nichts.«

Carstens sah verwundert, wie anmutig es ihr ließ, da sie diese leichtfertigen Worte sprach; denn ein Aufatmen ging durch ihren ganzen Körper und ein Lächeln wie plötzlicher Sonnenschein über ihr hübsches Angesicht.

Und wie sie es gesagt hatte, so ward es: Carstens arbeitete, und sie kümmerte sich um nichts; wozu sie eigentlich ihre Zeit verbrauchte, konnte er nie erforschen. Aber die frischen roten Lippen lachten wieder, und der schwarze Traueranzug ward an ihr zum verführerischen Putze. Einmal, da er sie seufzen hörte, fragte er, ob sie Kummer habe; sie möge es ihm sagen. Sie sah ihn mit einem halben Lächeln an: »Ach, Herr Carstens«, sagte sie und seufzte noch einmal; »es ist so langweilig, daß man in den schwarzen Kleidern gar nicht tanzen darf!« Dann, wie ein spiellustiges Kind, fragte sie ihn, was er meine, ob sie dieselben nicht bald, mindestens für einen Abend, einmal würde wechseln können; der Vater hab' sie immer tanzen lassen, und nun sei er ja auch längstens schon begraben.

Als Carstens demungeachtet es verneinte, ging sie schmollend fort. Sie hatte längst gemerkt, daß sie ihn so für seine Sittenstrenge am besten strafen könne; denn während unter seiner Hand die Vermögensverwirrung des Toten sich wenigstens insoweit gelöst hatte, daß Gut und Schuld sich auszugleichen schienen, war er selbst in eine andre Verwirrung hineingeraten: die lachenden Augen der schönen Juliane hatten den vierzigjährigen Mann betört. Was ihn sonst wohl stutzen gemacht hätte, erschien in dieser Zeit, wo der gleichmäßige Gang des bürgerlichen Lebens ganz zurückgedrängt war, weit weniger bedenklich, und da anderseits das der Arbeit ungewohnte Mädchen einen sichern Unterschlupf den sie sonst erwartenden Mühseligkeiten vorzog, so kam trotz Schwester Brigittens Kopfschütteln zwischen diesen beiden ungleichen Menschen ein rasch geschlossener Ehebund zustande. Die Schwester freilich, die jetzt in der Wirtschaft nur um so unentbehrlicher war, hatte nichts als eine doppelte Arbeitslast dadurch empfangen; den Bruder aber erfüllte der plötzliche Besitz von so viel Jugend und Schönheit, worauf er nach seiner Meinung weder durch seine Person noch durch seine Jahre einen Anspruch hatte, mit einem überströmenden Dankgefühl, das ihn nur zu nachgiebig gegen die Wünsche seines jungen Weibes machte. So geschah es, daß man den sonst so stillen Mann bald auf allen Festlichkeiten finden konnte, mit denen die stadt- und landfremden Offiziere bemüht waren, die Überfülle ihrer müßigen Stunden zu beseitigen; eine Geselligkeit, die nicht nur über seinen Stand und seine Mittel hinausging, sondern in die man ihn auch nur seines Weibes wegen hineinzog, während er selbst dabei eine unbeachtete und unbeholfene Rolle spielte.

Doch Juliane starb im ersten Kindbett. – »Wenn ich erst wieder tanzen kann!« hatte sie während ihrer Schwangerschaft mehrmals geäußert; aber sie sollte niemals wieder tanzen, und somit war für Carsten die Gefahr beseitigt. Freilich auch zugleich das Glück; denn mochte sie auch kaum ihm angehört haben, wie sie vielleicht niemandem angehören konnte, und wie man sie auch schelten mochte, sie war es doch gewesen, die mit dem Licht der Schönheit in sein Werktagsleben hineingeleuchtet hatte; ein fremder Schmetterling, der über seinen Garten hinflog und dem seine Augen noch immer nachstarrten, nachdem er längst schon seinem Blick entschwunden war. Im übrigen wurde Carstens wieder, und mehr noch, als er es zuvor gewesen, der verständige, ruhig abwägende Mann. Den von der Toten nachgelassenen Knaben, der sich bald als der körperliche und allmählich auch als der geistige Erbe seiner schönen Mutter herausstellte, erzog er mit einer seinem Herzen abgekämpften Strenge; dem gutmütigen, aber leicht verführbaren Liebling wurde keine verdiente Züchtigung erspart; nur wenn die schönen Kinderaugen, wie es in solchen Fällen stets geschah, mit einer Art ratlosen Entsetzens zu ihm aufblickten, mußte der Vater sich Gewalt tun, um nicht den Knaben gleich wieder mit leidenschaftlicher Zärtlichkeit in seine Arme zu schließen.

Seit Julianens Tod waren über zwanzig Jahre vergangen. Heinrich – so hatte man nach seines Vaters Vater den Knaben getauft – war in die Schule und aus der Schule in die Kaufmannslehre gekommen; aber in seinem angeborenen Wesen hatte sich nichts Merkliches verändert. Seine Anstelligkeit ließ ihn sich leicht an jedem Platz zurechtfinden; aber auch ihm, wie einst seiner Mutter, stand es hübsch, wenn er den Kopf mit den lichtbraunen Locken zurückwarf und lachend seinen Kameraden zurief: »Muß gehen! Wir kümmern uns um nichts!« Und in der Tat war dies der einzige Punkt, in dem er gewissenhaft sein Wort zu halten pflegte; er kümmerte sich um nichts oder doch nur um Dinge, um die er besser sich nicht gekümmert hätte. Tante Brigitte weinte oftmals seinetwegen, und auch mit Carsten legte sich abends in seinem Alkovenbette etwas auf das Kissen, was ihm, er wußte nicht wie, den Schlaf verwehrte; und wenn er sich aufrichtete und sich besann, so sah er seinen Knaben vor sich, und ihm war, als sähe er mit Angst ihn größer werden.

Aber Heinrich blieb nicht das einzige Kind des Hauses. – Ein entfernter Verwandter, der mit Carstens durch gegenseitige Anhänglichkeit verbunden war, starb plötzlich mit Hinterlassung eines achtjährigen Mädchens; und da das Kind die Mutter bereits bei seiner Geburt verloren hatte, so wurde nach dem Wunsche des

Verstorbenen Carstens nicht nur der Vormund der kleinen Anna, sondern sie kam auch völlig zu Kost und Pflege in sein Haus. Seine Treue gegen den Hingegangenen ab bewies er insbesondere damit, daß er durch Leistung von Vorschüssen und derzeit nicht gefahrloser Bürgschaft für dessen Tochter derselben einen kleinen Landsitz erhielt, der später unter verbesserten Zeitläuften zu erhöhtem Werte veräußert werden konnte.

Anna war einer andern Mutter nachgeartet als der um ein Jahr ältere Heinrich. Dieser, trotz des besten Willens, brachte es nie zustande, sowenig wie sein eignes, so auch nur der Allernächsten Wohl und Wehe bei seinem Treiben zu bedenken; bei Anna dagegen – wie oft ergriff Tante Brigitte in die Tasche und gab ihr zur Schadloshaltung einen Dreiling und einen derben Schmatz dazu: »Du dumme Trine, hast dich denn richtig wieder selbst vergessen!« Zu ihrem Bruder aber, wenn sie ihn erwischen konnte, sprach sie dann wohl: »Der Vetter Martin hat's doch gut mit uns gemeint; er hat uns seinen Segen nachgelassen!«

Bei aller Herzensgüte war das Wesen des Mädchens doch von einer frohen Sicherheit, und wenn Carstens auf seine mitunter ängstliche Erkundigung nach Heinrich von Brigitte die Antwort erhielt: »Er ist bei Anna; sie näht ihm Segel zu seinen Schiffen«, oder: »Sie hat ihn sich geholt, er muß ihr die Kirschbaumnetze flicken helfen«, dann nickte er und setzte sich beruhigt an seine Arbeit. – – Zur Zeit, wo wir diese Erzählung weiterführen, an einem Spätsommervormittage, war das Mädchen eben mündig geworden und stand, eine voll ausgewachsene blonde Jungfrau, mit ihrem grauhaarigen Vormunde auf dem Rathause vor dem Bürgermeister, um die infolgedessen nötigen Handlungen zu vollziehen.

»Ohm«, hatte sie vor dem Eintritt in das Gerichtszimmer gesagt, »ich fürchte mich.«

»Du, Kind? Das ist nicht deine Art.«

»Ja, Ohm; aber auf Herrendiele!«

Der alte hagere Mann, der dort ganz zu Hause war, hatte lächelnd auf das frische Mädchenantlitz geblickt, das mit heißen Wangen zu ihm aufsah, und dann die Tür des Gerichtszimmers aufgedrückt.

Aber der Bürgermeister war ein alter jovialer Herr. »Mein liebes Kind«, sagte er, mit Wohlgefallen sie betrachtend, »Sie wissen doch, daß Sie noch einmal wieder unmündig werden müssen; freilich nur, wenn Sie sich den goldenen Ring an den Finger stecken lassen! Mög dann Ihr Leben in ebenso getreue Hände kommen!«

Er warf einen herzlichen Blick zu Carstens hinüber. Dem Mädchen aber, obgleich ein leichtes Rot ihr hübsches Antlitz überflog, war bei diesem Lobe ihres Vormundes alle Befangenheit vergangen. Ruhig ließ sie sich den Bestand ihres Vermögens vorlegen und sah, wie man es von ihr verlangte, alles sorgfältig und verständig durch; dann aber sagte sie fast beklommen: »Achttausend Taler! Nein, Ohm, das geht nicht.«

Was geht nicht, Kind?« fragte Carstens.

»Das da, Ohm, das mit den vielen Talern« – und sie richtete sich in ihrer ganzen jugendlichen Gestalt vor ihm auf –, »was soll ich damit machen? Ihr habt mich das nicht lernen lassen; nein, Herr Bürgermeister, verzeiht, ich kann heute noch nicht mündig werden.«

Da lachten die beiden Alten und meinten, das hülfe ihr nun nichts; mündig sei sie und mündig müsse sie für jetzt auch bleiben. Aber Carstens sagte: »Sei ruhig, Anna; ich werden dein Curator; bitte nur den Herrn Bürgermeister, daß er mich dazu bestelle.

»Curator, Ohm? Ich weiß wohl, daß die Leute Euch so heißen.«

»Ja, Kind; aber diesmal ist es so: du behältst mein und meiner alten Schwester Leib und Seele in deiner Obhut, und ich helfe dir wieder bisher die bösen Taler tragen; so wird's wohl richtig sein.«

»Amen«, sagte der alte Bürgermeister; dann wurde die Quittung über richtige Verwaltung des Vermögens von Anna durch ihre saubere Namensunterschrift vollzogen.

Während sie und Carstens sich hierauf beurlaubten, hatte der Bürgermeister, wie von Geschäften aufatmend, einen Blick auf die Straße hinaus getan.

»O weh!« rief er; »Herr Makler Jaspers! Was mag der Stadtunheilsträger mir wieder aufzutischen haben!«

Carstens lächelte und faßte unwillkürlich die Hand seiner Pflegetochter.

Als die beiden draußen die breite Treppe ins Unterhaus hinabzu-
steigen begannen, stieg ein kleiner ältlicher Mann in einem braunen
abgeschlissenen Rock dieselbe in die Höhe. Auf dem Treppenabsatz
angelangt, stützte er sich keuchend auf sein schwankes Stöckchen
und starrte aus kleinen grauen Augen zu den Herabsteigenden
hinauf, indem er ein paarmal seinen hohen Zylinderhut über einer
fuchsigen Perücke lüftete.

Carsten wollte mit einem kurzen »Guten Tag« vorbeipassieren;
aber der andre streckte seinen Stock vor den beiden aus. »Oho
Freundchen!« – Und es war eine wirkliche Altweiberstimme, die
aus dem kleinen faltigen Gesicht herauskrähte. – »So kommt Ihr mir
nicht durch!«

»Der Bürgermeister wartet schon auf Euch«, sagte Carsten und
schob den Stock zur Seite.

»Der Bürgermeister?« Herr Jaspers lachte ganz vergnüglich.
»Laßt ihn warten! Dieses Mal war's auf Euch abgesehen, Freundchen; ich wußte, daß Ihr hierherum zu haben waret.«

»Auf mich, Jaspers?« wiederholte Carstens, und aus seiner Stimme klang eine Unsicherheit, die ihm sonst nicht eigen war. Wie
schon seit lange bei allem Unerwarteten, das ihm angekündigt
wurde, war der Gedanke an seinen Heinrich ihm durch den Kopf
gefahren. Derselbe stand seit kurzem bei einem hiesigen Senator im
Geschäft; aber der strenge alte Herr, mit dem Carstens selbst einst
bei dessen Vater in der Kaufmannslehre gewesen war, hatte sich bis
jetzt zufrieden gezeigt und nur einmal ein scharfes Wort über den
jungen Menschen fallen lassen. Erst gestern, am Sonntag, war Heinrich von einer Geschäftsreise für seinen Prinzipal zurückgekom-
men. Nun, nein; von Heinrich konnte Herr Jaspers nichts zu erzählen haben.

Dieser hatte indes mit offenem Munde zu dem weit größeren
Carstens aufgeblickt und voll augenscheinlichen Behagens dessen
wechselnden Gesichtsausdruck beobachtet. »He, Freundchen!« rief
er jetzt, und es klang eine einladende Munterkeit aus seiner Stimme.
»Ihr wißt ja, 's kann immer noch schlimmer kommen; und wenn der

Kopf auch weggeht, es bleibt doch immer noch ein Stummel sitzen.«

»Was wollt Ihr von mir, Jaspers?« sagte Carstens düster. »Tut's nur hier gleich von Euch, so seid Ihr die Last ja los.«

Doch Herr Jaspers zog ihn am Rockschoß zu sich herab. »Das sind nicht Dinge, von denen man hier im Rathaus spricht.« Dann, sich zu dem Mädchen wendend, setzte er hinzu: »Die Mamsell Anna findet wohl allein den Weg nach Hause.«

Und mit seiner haspeligen Hand, die immer nach etwas zu greifen schien, noch einmal den Zylinder lüftend, stapfte er geschäftig die Treppe wieder hinab.

Als sie aus dem Haus getreten waren, wies er mit seinem Stöckchen nach einer Nebengasse, an deren Ecke seine Wohnung lag. Anna blickte fragend ihren Vormund an; der aber winkte ihr schweigend mit der Hand und folgte wie unter lähmendem Bann dem »Stadtunheilsträger«, der jetzt an seiner Seite eifrig die Straße hinaufstrebte.

In dem kleinen Hofe hinter dem Hause an der Twiete stand außer dem Kirschbaum, für den die Kinder einst die Netze flickten, an der Längsseite eines schmalen Bleichplätzchens ein mächtiger Birnbaum, der die Freude der Nachbarkinder und zugleich eine Art Familienheiligtum war, denn der Großvater des jetzigen Besitzers hatte ihn gepflanzt, der Vater selbst in seiner Lehrzeit ihn aus den in der Stadt beliebtesten Sorten mit drei verschiedenen Reisern gepfropft, die jetzt, zu vielverzweigten Ästen aufgewachsen, je nach der ihnen eignen Zeit, eine Fülle saftiger Früchte reiften. Was davon mit der Brunnenstange zu erreichen war, das pflegte freilich nicht ins Haus zu kommen; sonst hätten die Kinder bei Jungfer Anna nicht so freien Anlauf haben müssen. So aber, wenn von den nach Westen anliegenden Höfen aus die Nachbarn ein herzliches Mädchenlachen hörten, wußten sie auch schon, daß Anna auf dem Baum zu Gange war und daß die junge Brut sich auf dem Rasen um die herabgeschlagenen Früchte balgte.

Auch jetzt, als sie vom Rathaus kommend ins Haus treten wollte, hatte Anna ein solches Nachbarspummelchen sich aufgesackt. Im Pesel, einem kühlen, mit Fliesen ausgelegten Raume hinter dem Hausflur, legte sie Hut und Tuch ab und trat dann, das Kind rittlings vor sich auf den Arm haltend, durch die von hier nach dem Hofe führende Tür in den Schatten des mächtigen Baumes.

»Siehst du, Levke«, sagte sie, »da oben liegt die Katz; die möchte auch die schöne gelbe Birne haben! Aber wart nur, ich will die Stange holen.«

Als sie sich aber hierauf dem hinter der Hoftür des Hauses befindlichen Brunnen zuwandte, stieß sie einen Schrei aus und ließ das Kind fast hart zu Boden fallen. Auf der vermorschten Holzeinfassung, deren Erneuerung nur durch einen Zufall verzögert war, saß ihr Jugendgenosse, ihr Kindsgespiel, die Füße über der Tiefe hängend, den Kopf wie schon zum Sturze vorgebeugt.

Im selben Augenblick aber war sie auch schon dort, hatte von hinten mit beiden Armen ihn umschlungen und zog ihn rückwärts, daß die morschen Bretter krachend unter ihm zusammenbrachen. Sie war in die Knie gesunken, während der blasse, fast weiblich hübsche Kopf des jungen Menschen noch an ihrer Brust ruhte.

Dieser rührte sich nicht; es war, als wenn er sich allem, was ihm geschähe, willenlos überlassen habe. Auch als das Mädchen endlich aufsprang, blieb er, ohne sie anzusehen, mit aufgestütztem Kopfe zwischen den Brettertrümmern liegen. Sie aber sah ihn fast zornig an, indem ein paar Tränen in ihre blauen Augen sprangen. »Was fehlt dir, Heinrich? Warum hast du mich so erschreckt? Weshalb bist du nicht auf deinem Kontor beim Senator?«

Da strich er sich das seidenweiche Haar aus der Stirn und sah sie müde an. »Zum Senator geh ich nicht wieder«, sagte er.

»Nicht wieder zum Senator?«

»Nein; denn ich habe nur noch zwei Wege: entweder hier in den Brunnen oder zum Büttel ins Gefängnis.«

»Was sprichst du für dummes Zeug! Steh auf, Heinrich! Bist du toll geworden?«

Er stand gehorsam auf und ließ sich von ihr nach der kleinen Bank unter dem Birnbaum führen. – Aber da war noch das Kind, das mit verwunderten Augen dem allem zugesehen hatte. »Armes Ding«, sagte Anna, »hast du noch immer keine Birne! Da, kauf dir heute einen Dreilingskuchen!«

Und als das Kind mit der geschenkten Münze davongelaufen war, stand das Mädchen wieder vor dem jungen Menschen.

»Nun sprich!« sagte sie, während sie sich den dicken blonden Zopf wieder aufsteckte, der ihr vorhin in den Nacken gestürzt war. »Sprich rasch, bevor dein Vater wieder da ist!«

Mit fliegendem Atem harrte sie einer Antwort; aber er schwieg und sah zur Erde.

»Du kamst am Sonnabend von Flensburg!« sagte sie dann. »Du hattest Geld für den Senator einzukassieren!«

Er nickte, ohne aufzublicken.

»Sag's nur! Ich kann's schon denken – du bist einmal wieder leichtsinnig gewesen; du hast das Geld umherliegen lassen, im Gastzimmer oder sonstwo! Und nun ist's fort!«

»Ja, es ist fort«, sagte er.

»Aber vielleicht ist es noch wiederzubekommen! Warum sprichst du nicht? So erzähl doch!«

»Nein, Anna – es ist nicht so verloren, wie du meinst. Wir waren lustig; es wurde gespielt –«

»Verspielt, Heinrich? Verspielt?« Die Tränen stürzten ihr aus den Augen, und sie warf sich an seine Brust, mit beiden Armen seinen Hals umschlingend.

Oben in der Krone des Baumes rauschte ein leiser Wind in den Blättern; sonst war nichts hörbar als dann und wann ein tiefes Schluchzen des Mädchens, in der alle kurz zuvor entwickelte Tätigkeit gebrochen schien.

Aber der junge Mensch selbst suchte sie jetzt mit sanfter Abwehr zu entfernen; die schöne Last, die das Mitleid ihm an die Brust geworfen hatte, schien ihn zu drücken. »Weine nicht so«, sagte er, »ich kann das nicht ertragen.«

Es hätte dieser Mahnung nicht bedurft; Anna war schon von selber aufgesprungen und suchte eilig ihre Tränen abzutrocknen. »Heinrich«, rief sie, »es ist schrecklich, daß du das getan hast; aber ich habe Geld, ich helfe dir!«

»Du, Anna?«

»Ja, ich! Ich bin ja mündig geworden. Sag nur, wieviel du dem Senator abzuliefern hast.«

»Es ist viel«, sagte er zögernd.

»Wieviel denn? Sprich nur rasch!«

Er nannte eine nicht eben kleine Summe.

»Nicht mehr? Gott sei Dank! Aber« – und sie stockte, als sei ein neues Hindernis ihr aufgestiegen – »du hättest heute auf deinem Kontor sein sollen. Wenn er fragt, was willst du dem Senator sagen?«

Heinrich schüttelte sich die weichen Locken von der Stirn, und schon flog wieder der alte Ausdruck sorglosen Leichtsinns über sein Gesicht. »Dem Senator, Anna? Oh, der wird nicht fragen; und wenn auch, das laß meine Sorge sein.«

Sie blickte ihn ernsthaft an. »Siehst du; nun müssen wir auch schon lügen!«

»Nur ich, Anna; und ich versprech es dir, nicht mehr als nötig ist. Und das Geld –«

»Ja, das Geld!«

»Ich verzins' es dir, ich stelle dir einen Schuldschein aus; du sollst keinen Schaden bei mir leiden.«

»Sprich nicht wieder so dummes Zeug, Heinrich. Bleib hier im Garten; wenn dein Vater kommt, werd' ich ihn um die Summe bitten.«

Er wollte etwas erwidern; aber sie war schon ins Haus zurückgegangen. Behutsam schlich sie an der Küche vorüber, wo heute Tante Brigitte für sie am Herd hantierte, und dann hinauf in ihre Kammer, um sich zunächst die verweinten Augen klar zu waschen.

Nicht viel jüngeren Datums als der alte Birnbaum waren Einrichtung und Gerät des schmalen Wohnzimmers, das mit seinen Ausbaufenstern nach dem Hafenplatz hinauslag. In dem Alkovenbette dort in der Tiefe desselben, dessen Glastüren über Tag geschlossen waren, hatten schon die Eltern des Hausherrn sich zum nächtliche und nacheinander auch zum ewigen Schlafe hingelegt; schon derzeit, wie noch heute, stand in der Westecke des Ausbaues der lederbezogene Lehnstuhl, in dem nach beendigtem Einkauf die alten Kapitäne vor dem ihnen gegenübersitzenden Hausherrn ihr Gespinste abzuwickeln pflegten. Die Sachen waren dieselben geblieben; nur den Menschen hatten sich unmerklich andre untergeschoben; und während einst dem weiland Vater Carstens derlei Berichte aus fremden Welten nur einen Stoff zum behaglichen Weitererzählen geliefert hatten, regten sie in dem Sohne oft eine Kette von Gedanken an, für deren Verarbeitung er nur auf sich selber angewiesen war.

Auch der Tisch, der zwischen einem Stuhle und dem Ledersessel unter den Ausbaufenstern stand, hatte seinen alten Platz behauptet; nur waren die ausländischen Muscheln, welche jetzt auf demselben als Papierbeschwerer für allerlei Schriftwerk dienten, früher eine

Zierde der seitwärts stehenden Schatulle gewesen; statt dessen hatte auf dieser der jetzige Besitzer ein kleines Regal errichten lassen, auf welchem außer einzelnen mathematischen Werken und den Chroniken von Stadt und Umgegend auch Bücher wie Lessings »Nathan« und Hippels »Lebensläufe in auf- und absteigender Linie« zu finden waren.

Ein Kanapee war nicht ins Zimmer gekommen; es wäre auch kein Platz dazu gewesen. Anderseits aber fehlte es nicht an einem ziemlich stattlichen Ahnenbilde, in dessen Anschauung der kleinbürgerliche Mann, wenn auch nicht in der französischen Formulierung » Noblesse oblige«, in schweren Stunden sein wankendes Gemüt zu stärken pflegte.

Es war dies freilich kein farbenbrennendes Ölbild, sondern ganz im Gegenteil nur eine mächtig große Silhouette, welche, in braun untermalten Glasleisten eingerahmt, an der westlichen Wand zunächst dem Ausbaue hing, so daß der Hausherr von seinem Arbeitstische aus die Augen darauf ruhen lassen konnte. Sein Vater, von dem freilich nicht viel mehr zu sagen ist, als daß er ein einfacher und sittenstrenger Mann gewesen, hatte es bald nach dem Tode seiner Ehefrau von einem durchreisenden Künstler anfertigen lassen; so zwar, daß es einen Abendspaziergang der nun halb verwaisten Familie darstellte. Voran ging der Vater selbst, wie jetzt der Sohn, eine hagere Gestalt, im Dreispitz und langem Rockelor, eine gebückte alte Frau, die Mutter der Verstorbenen, am Arme führend; dann kam ein hoher Baum von unbestimmter Gattung, sonst aber augenscheinlich auf den Spätherbst deutend; denn seine Äste waren fast entlaubt, und unter dem Glase der Schilderei klebten hier und dort kleine schwarze Fetzchen, die man mit einiger Phantasie als herabgewehte Blätter erkennen mochte. Dahinter folgte ein etwa vierjähriger Junge, gar munter mit geschwungener Peitsche auf einem Steckenpferde reitend; den Beschluß machten ein stakig aufgeschossenes Mädchen und ein andrer etwa zehnjähriger Knabe mit einer tellerrunden Mütze, welche beide, wie es schien, in bewundernder Betrachtung des munteren Steckenreiters, keinen Blick für die Anmut der Abendlandschaft übrig hatten. Und doch war hierzu just die rechte Stunde und solches auch in dem Bilde sinnig ausgeführt; denn während im Vordergrunde Baum und Menschen aus tiefschwarzem Papier geschnitten waren, zogen sich dahinter, abendliche Ferne andeutend, die Linien einer sanft gehobenen Ebene, aus dunklem und dann aus lichtgrauem Löschpapier gebildet. Das übrige aber hatte die Malerei vollendet; hinter der letzten Ferne ergoß sich durch den ganzen Horizont ein mild leuchtendes Abendrot, das die Schatten der sämtlichen Spaziergänger nur um so schärfer hervortreten ließ; darüber in braunvioletter Dämmerung kam dann die Nacht herab.

Das lustige Reiterlein war bald nach Anfertigung des Bildes von den schwarzen Blattern hingerafft, und nur sein Steckenpferdchen hatte noch lange in dem Gehäuse der Wanduhr gestanden, die dem Bilde gegenüber noch jetzt wie damals mit gleichmäßigem Ticktack die fliegende Zeit zu messen suchte. Von den fünf Abendspaziergängern lebten nur noch die beiden älteren Geschwister, wie damals unter demselben Dache und, selbst während der kurzen Ehe des Bruders, ungetrennt. Manchmal, in stiller Abendstunde oder wenn ein Leid sie überfiel, hatten sie – sie wußten selbst kaum wie – sich vor dem Bilde Hand in Hand gefunden und sich der Eltern Tun und Wesen aus der Erinnerung wachgerufen. »Da sind wir übrigen denn noch beisammen«, hatte der Vater gesagt, als er das Bild an demselben Stifte an die Wand hing, der es auch noch heute trug; »eure Mutter ist nicht mehr da, dafür ist nun das Abendrot am Himmel«; und dann nach einer Weile, nachdem er den Kindern sein Antlitz abgewendet und einige starke Hammerschläge auf den Stift getan: »Auch von den Toten bleibt auf Erden noch ein Schein zurück; und die Nachgelassenen sollen nicht vergessen, daß sie in seinem Lichte stehen, damit sie sich Hände und Antlitz rein erhalten.«

Tante Brigitte, die als alte Jungfer von etwas seufzender Gemütsart war und es liebte, mit völliger Uneigennützigkeit Luftschlösser in die Vergangenheit hineinzubauen, pflegte nach solchen Erinnerungen, auf den Schatten des kleinen Steckenreiters deutend, wohl hinzuzusetzen: »Ja, Carsten, wenn nur unser Bruder Peter noch am Leben wäre! Meinst du nicht auch, daß er von uns dreien doch der klügste war?« Und das Gespräch der Geschwister mochte dann etwa folgenden Verlauf nehmen:

»Wie meinst du das, Brigitte?« entgegnete der Bruder. »Er starb ja schon in seinem fünften Jahre.«

»Freilich starb er leiderdessen, Carsten; aber du weißt doch, wie unsre große gelbbunte Henne immer ihre Eier hinter dem Aschberg weglegte! Er war erst vier Jahre alt, aber er war schon klüger als die Henne; er ließ sie erst ihre Eier legen, und dann eines schönen Morgens brachte er sein ganzes Schürzchen voll mir in die Küche. Ach, Carsten, des Senators Vater hatte ja zu ihm Gevatter gestanden; er würde gewiß auf die lateinische Schule gekommen sein und nicht, wie du, bloß beim Rechenmeister.«

Und der lebende Bruder ließ sich eine solche Bevorzugung des früh Verstorbenen allzeit gern gefallen. –

Das Zimmer mit seinem alten Geräte und seinen alten Erinnerungen war noch immer leer, obgleich nur die vor dem Hause stehende Lindenreihe die Strahlen der schon hoch gestiegenen Mittagssonne abhielt. Der weiße Seesand, womit Anna vor ihrem Gange nach dem Rathause die Dielen bestreut hatte, zeigte noch fast keine Fußspur, und die alte Wanduhr tickte in der Einsamkeit so laut, als wolle sie ihren Herrn an die gewohnte Arbeit rufen. Da endlich schellte die Haustürglocke, und Anna, die oben harrend in ihrer Kammer saß, hörte den Schritt ihres Pflegevaters, der gleich darauf unten in dem Wohnzimmer verschwand. Noch eine kleine Weile, dann richtete sie sich zu raschem Entschluß auf, drückte noch ein paarmal mit einem feuchten Tuch auf ihre Augen, und ging ins Unterhaus hinab.

Als sie das Wohnzimmer betrat, sah sie ihren Pflegevater noch mit Hut und Stock in der Hand stehen, fast als müsse er sich erst besinnen, was er in seinen eignen Wänden jetzt beginnen solle. Eine Furcht befiel das Mädchen; es kam ihr vor, als sei er auf einmal unsäglich alt geworden. Gern wäre sie unbemerkt wieder fortgeschlichen; aber sie hatte ja keine Zeit zu verlieren.

»Ohm!« sagte sie leise.

Der Ton ihrer Stimme machte ihn fast zusammenschrecken; als er aber das Mädchen vor sich stehen sah, trat ein freundliches Licht in seine Augen. »Was willst du von mir, mein Kind?« sagte er milde.

»Ohm!« – Nur zögernd brachte sie es heraus. »Ich bin doch mündig; ich möchte etwas von meinem Vermögen haben; ich brauche es ganz notwendig.«

»Jetzt schon, Anna? Das geht ja schnell.«

»Nicht viel, Ohm; das heißt, ich habe ja noch so viel mehr; nur etwa hundert Taler.«

Sie schwieg; und der alte Mann sah eine Weile stumm auf sie herab. »Und wozu wolltest du das viele Geld gebrauchen?« fragte er dann.

Ein flehender Blick traf ihn aus ihren Augen; sie murmelte etwas, das er nicht verstand.

Er faßte ihre Hand. »So sag es doch nur laut, mein Kind!«

»Ich wollte es nicht für mich«, erwiderte sie zögernd.

»Nicht für dich, für wen denn anders?«

Sie hob wie ein bittendes Kind beide Hände gegen ihn auf. »Laß mich's nicht sagen, Ohm! Oh, ich muß, ich muß es aber haben!«

»Und nicht für dich, Anna?« – Wie in plötzlichem Verständnis ließ er die Augen auf ihr ruhen. – »Wenn du es für Heinrich wolltest – da sind wir beide schon zu spät gekommen.«

»O nein, Ohm! O nein!« Und sie schlang ihre Arme um den Hals des alten Mannes.

»Doch, Kind! Was meinst du, daß Herr Jaspers mir anders zu erzählen hatte? Schon gestern war der Senator von allem unterrichtet.«

»Aber wenn doch Heinrich ihm das Geld nun bringt?«

»Ich habe es ihm selber bringen wollen; aber er wollte weder mein Geld noch meinen Sohn. Und was das letzte anbelangt – ich konnte nichts dawider sagen.«

»Ach, Ohm, was wird mit ihm geschehen?«

»Mit ihm, Anna? Er wird mit Schande das ehrenwerte Haus verlassen.«

Als sie erschreckt das reine Antlitz zu dem ihres Pflegevaters emporhob, blickte ihr daraus ein Gram entgegen, wie sie ihn nie in einem Menschenangesichte noch gesehen hatte. »Ohm, Ohm!« rief sie. »Was aber habt denn Ihr verbrochen?« Und aus den jungfräulichen Augen brach ein so mütterliches Erbarmen, daß der alte Mann den grauen Kopf auf ihren Nacken senkte.

Dann aber, sich wieder aufrichtend und die Hand auf ihren blonden Scheitel legend, sprach ruhig: »Ich, Anna, bin sein Vater. Geh nun und rufe mir meinen Sohn.«

Auch dieser Tag verging. Nach dem schweren Vormittag eine Mittags- und später eine Abendmahlzeit, bei der die Speisen, fast wie sie aufgetragen, wieder abgetragen wurden; dazwischen ein nicht enden wollender Nachmittag, währenddessen Heinrich, durch den überlegenen Willen des Vaters gezwungen, noch einmal zum Senator mußte und von dem entlassen wurde. – Auch dieser Tag war endlich nun vergangen und die Nacht gekommen. Nur der Hausherr wanderte noch unten im Zimmer auf und ab; mitunter blieb er vor dem Bilde mit den Familienschatten stehen, bald aber strich er mit der Hand über die Stirn und setzte sein unruhiges Wandern fort. Daß Anna in raschem jugendlichem Entschlusse ebenfalls bei dem Senator gewesen war, davon hatte er ebensowenig etwas erfahren, als daß diese ihr gegenüber nur kaum, aber schließlich dennoch seine Unerbittlichkeit behauptet hatte.

Die kleine Schirmlampe, welche auf dem Arbeitstische brannte, beleuchtete zwei Briefe, der eine nach Kiel, der andre nach Hamburg adressiert; denn für Heinrich mußten auswärts neue Wege aufgesucht werden.

Carsten war ans Fenster getreten und blickte in die mondhelle Nacht hinaus; es war so still, daß er weit unten das Rinnenwasser in den Hafen strömen hörte, mitunter ein mattes Flattern in den Wimpeln der Halligschiffe. Jenseits des Hafens zog sich der Seedeich wie eine schimmernde Nebelbank; wie oft an der Hand seines Vaters war er als Knabe dort hinausgewandert, um ihre derzeit erworbene Fenne zu besichtigen!

Carsten wandte sich langsam um; dort lagen die beiden Briefe auf seinem Arbeitstische; er hatte ja jetzt selber einen Sohn.

In der Tiefe des Zimmers waren die Glastüren des Alkovens, wie jeden Abend, von Anna offengestellt, und die abgedeckten Kissen des darin stehenden Bettes schienen den an gute Bürgerszeit Gewöhnten einzuladen, dem überlangen Tag ein Ende zu machen. Er nahm auch seine große silberne Taschenuhr aus dem Gehäuse und zog sie auf. »Mitternacht!« sagte er, indem er in den Alkoven trat. Als er aber, wie er zu tun pflegte, die Uhr am Bettpfosten aufhängen wollte, hatte die stählerne Kette sich in einen goldnen Ring verhäkelt, den er am kleinen Finger trug, daß dieser herabgerissen wurde und klirrend auf dem Boden fortrollte. Mit fast jugendlicher Raschheit bückte sich der alte Mann danach, und als der Ring wieder in seiner Hand war, trat er in das Zimmer zurück und hielt ihn sorgsam unter den Schirm der Lampe. Seine Augen schienen nicht los zu können von dem Weibernamen, der auf der innern Seite eingegraben war; aber aus seinem Munde brach ein Stöhnen, wie um Erlösung flehend.

Da hörte er auf dem Flur die Stiegen der Treppe krachen. Er machte eine hastige Bewegung, als wolle er den Ring an den Finger stecken, als eine Hand sich sanft auf seinen Arm legte. »Bruder Carsten«, sagte seine alte Schwester, die in ihrem Nachtgewand zu ihm getreten war, »ich hörte dich hier unten wandern; willst du noch nicht zur Ruhe gehen?«

Er sah ihr wie erwägend in die Augen. »Es gibt Gedanken, Brigitte, die uns keine Ruhe gönnen, die immer wieder ins Gehirn steigen, weil sie nie herausgelassen werden.«

Die alte Jungfrau blickte ihren Bruder völlig ratlos an. »Ach, Carsten«, sagte sie, »ich bin eine alte einfältige Person! Wäre unser Bruder Peter nur am Leben geblieben; vielleicht wäre er jetzt unser Pastor und hätte unsern Heinrich getauft und konfirmiert; der hätte gewiß auch heute Rat gewußt.«

»Vielleicht, Brigitte« erwiderte der Bruder sanft; »vielleicht auch hätten wir uns nicht so ganz verstanden; du aber lebst und bist meine alte treue Schwester.«

»Ja, ja, Carsten, leider Gottes! Wir beide sind allein noch übrig.«

Er hatte ihre Hand gefaßt. »Brigitte«, sagte er hastig, »sahst du, wie blaß er Junge heute abend war, als er in seine Kammer hinaufging? Noch immer hat er seiner Mutter so geglichen; so sah Juliane in ihren letzten Tagen aus, als schon der Tod die irdischen Gedanken von ihr genommen hatte.«

»Sprich nicht von ihr, Bruder; das tut dir jetzt nicht gut; sie ruht ja längst.«

»Längst, Brigitte – aber nicht hier, hier nicht!« Und er drückte die Hand, in der er noch den Ring umschlossen hielt, an seine Brust. »Es kommt mir alles immer wieder; am letzten Ostersonntag waren es gerade dreiundzwanzig Jahre!«

»Am letzten Ostersonntage? Ja, ja, Bruder, ich weiß es nun wohl; ihr waret dazumal beide, wo ihr nimmer hättet sein sollen.«

»Schilt jetzt nicht, Schwester«, sagte Carsten; »du selber konntest nicht die Augen von ihr wenden, als du ihr damals die blaue Schärpe umgeknüpft hattest. Ich weiß jetzt wohl, daß sie nicht für mich ihr schönes Haar aufsteckte und die Atlasschuhe über ihre kleinen Füße zog; ich gehörte nicht in diese Gesellschaft vornehmer und ausgelassener Leute, wo sich niemand um mich kümmerte, am wenigsten mein eignes Weib. Nein, nein!« rief er, da die Schwester ihn unterbrechen wollte. »Laß mich es endlich einmal sagen! – Siehst du, ich wollte zwar auch meinen Platz ausfüllen, ich tanzte ein paarmal mit meiner Frau; aber sie wurde mir immer von den Offizieren fortgeholt. Und wie anders tanzte sie mit diesen Menschen! Ihre Augen leuchteten vor Lust; sie ging von Hand zu Hand; ich fürchtete, sie würden mir mein Weib zu Tode tanzen. Sie aber konnte nicht genug bekommen und lachte nur dazu, wenn ich sie bat, daß sie sich schonen möchte. Ich ertrug das nicht länger und konnte es doch nicht ändern; darum setzte ich mich in die Nebenstube, wo die alten Herren an ihrem L'Hombre saßen, und nagte an meinen Nägeln und an meinen Gedanken. – Du weißt, Brigitte, der französische Kaperkapitän, den die andern den schönen Teufel nannten – wenn ich je zuweilen in den Saal hineinguckte, immer war sie mit ihm am Tanzen. Als es gegen drei Uhr und der Saal schon halb geleert war, stand sie neben ihm am Schanktisch, beide mit einem vollen Glas Champagner in der Hand. Ich sah, wie sie rasch atmete, und wie seine Worte, die ich nicht verstehen konnte, einmal über das andre ein fliegendes Rot über ihr blasses Gesicht jagten; sie selber sagte nichts, sie stand nur stumm vor ihm; aber als beide jetzt das Glas an ihre Lippen hoben, sah ich, wie ihre Augen ineinandergingen. – Ich sah das alles wie ein Bild, als sei es hundert Meilen von mir; dann aber plötzlich überfiel es mich, daß jenes schöne Weib dort mir gehöre, daß sie mein Weib sei; und dann trat ich zu ihnen und zwang sie, mit mir nach Hause zu gehen.«

Carsten stockte, als habe er die Grenze seiner Erzählung erreicht; seine Brust hob sich mühsam, sein hageres Gesicht war gerötet. Aber er war noch nicht zu Ende; nur blickte er nicht wie vorhin zur Schwester hinab, er sprach über ihren Kopf hinweg in die leere Luft.

»Und als wir dann in unsrer Kammer waren, als sie mir keinen Blick gönnte, sondern wie zornig Gürtel und Mieder von sich warf, und als sie dann mit einem Ruck den Kamm aus ihren Haaren riß, daß es wie eine goldene Fluß über ihre Hüften stürzte – es ist nicht immer, wie es sein sollte, Schwester – denn was mich hätte von ihr stoßen sollen – ich glaub fast, daß es mich nur mehr betörte.«

Die Schwester legte sanft die Hand auf seinen Arm. »Laß das Gespenst in seiner Gruft, Bruder; laß sie, sie gehörte nicht zu uns.«

Er achtete nicht darauf. »So«, sprach er weiter, »hatte ich nimmer sie gesehen; nicht in unsrer kurzen Ehe und auch im Brautstande nicht. Aber es war nicht die Schönheit, die unser Herrgott ihr gegeben hatte, es war die böse Lust, die sie so schön machte, die noch in ihren Augen spielte. – Und so wie an jenem Abend und in jener Nacht war es noch viele Male, viele Wochen und Monde, bis nur ein halbes Jahr vor ihrem Tode übrig war – als alle diese Fremden unsre Stadt verließen.«

»Bruder Carsten«, sagte Brigitte wieder, »hast du nicht neues Leid genug? Wenn du schwach warst gegen dein Weib, weil du sie lieber hattest, als dir gut war – es ist schon bald ein Menschenleben darüber hin; was quälst du dich noch jetzt damit!«

»Jetzt, Brigitte? Ja, warum sprech ich denn dies alles jetzt zu dir? – War sie mein Eheweib in jener Zeit, wo ihre Sinne von leichtfertigen Gedanken taumelten, die nichts mit mir gemein hatten? – Und doch – aus dieser Ehe wurde jener arme Junge dort geboren. Meinst du« – und er bückte sich hinab zum Ohr der Schwester –, »daß die Stunde gleich sei, in der unter des allweisen Gottes Zulassung ein Menschenleben aus dem Nichts hervorgeht? – Ich sage dir, ein jeder Mensch bringt sein Leben fertig mit sich auf die Welt; und alle, in die Jahrhunderte hinauf, die nur einen Tropfen zu seinem Blute gaben, haben ihren Teil daran.«

Draußen vom Kirchturm schlug es eins. »Stell es dem lieben Gott anheim, Bruder«, sagte Brigitte; »ich versteh das nicht, was aus deinen Büchern dir im Kopf herumgeht; ich weiß nur, daß der Junge, leider Gottes, nach der Mutter eingeschlagen ist.«

Carsten fühlte wohl, daß er eigentlich nur mit sich selbst gesprochen habe und daß er nach wie vor mit sich allein sei. »Geh schlafen, meine gute alte Schwester«, sagte er und drängte sie sanft auf den Flur hinaus; »ich will es auch versuchen.«

Auf der untersten Treppenstiege, wo Brigitte es zuvor gelassen hatte, brannte ein Licht mit langer Schnuppe. Sie blickte noch einmal mit fest geschlossenen Lippen und gefalteten Händen den Bruder an; dann nickte sie ihm zu und ging mit dem Lichte in das Oberhaus hinauf.

Aber Carsten dachte nicht an Schlaf; nur allein hatte er wieder sein wollen. Noch einmal nahm er den kleinen Ring und hielt ihn vor sich hin; durch den engen Rahmen sah er, wie tief in der Vergangenheit, die Luftgestalt des schönen Weibes, deren außer ihm kein Mensch auf Erden noch gedachte. Ein seliges Selbstvergessen lag auf seinem Antlitz; dann aber zuckte plötzlich ein Schmerz darüber hin: sie schien so gar verlassen ihm dort unten. – Als er sich aufrichtete, steckte er den Ring an seinen Finger; und es geschah das mit einer feierlichen Innigkeit, als wolle er die Tote sich noch einmal, und fester als zuvor im Leben, anvermählen; so wie sie einst gewesen war, in ihrer Schönheit und in ihrer Schwäche und mit der kargen Liebe, die sie einst für ihn gehegt hatte. Dann schritt er zur Tür und horchte auf den Flur hinaus; als alles ruhig blieb, ging er zur Treppe und stieg behutsam zur Kammer seines Sohnes hinauf. Er fand den jungen Menschen ruhig atmend und in tiefem Schlafe, obgleich der Mond sein volles Licht über das unter dem Fenster stehende Bett ausgoß. Bei dem gelockten, lichtbraunen Haar, das sich seidenweich an die Schläfen legte, hätte man das hübsche blasse Antlitz des Schlafenden für das eines Weibes halten können.

Carsten war dicht herangetreten; ein leises Zittern lief durch seinen Körper. »Juliane!« sagte er. »Dein Sohn! Auch er wird mir das Herz zerreißen!« Und gleich darauf: »Mein Herr und Gott, ich will ja leiden für mein Kind, nur laß ihn nicht verlorengehen!«

Bei diesen unwillkürlich laut gesprochenen Worten schlug der Schlafende die Augen auf; seine Seele aber mochte schlummernd in den Schrecknissen des vergangenen Tages fortgeträumt haben; denn als er plötzlich in der Nacht die brennenden Augen und den zitternd über ihn erhobenen Arm des alten Mannes erblickte, stieß er einen Schrei aus, als ob er den Todesstoß von seines Vaters Hand erwarte; dann aber streckte er flehend beide Arme zu ihm auf.

Und mit einem Laut, als müsse es ihm die Brust zersprengen: »Mein Kind, mein einziges Kind!« brach der Vater an dem Bette des verbrecherischen Sohnes zusammen.

Durch einen Freund in Hamburg hatte Carsten es möglich gemacht, seinen Sohn dort in einem kleinen Geschäfte unterzubringen. Indessen war trotz der Achtung, der er sich erfreute, dies Ereignis seines Hauses schonungslos genug in der Stadt besprochen, freilich bei dieser Gelegenheit auch das Gedächtnis der armen Juliane nicht eben sanft aus ihrer Gruft hervorgeholt worden. Nur Carsten selbst erfuhr nichts davon. Als er eines Tages aus einem befreundeten Bürgerhause auffallend gedrückt nach Haus gekommen war, fragte Brigitte ihn besorgt: »Was ist dir, Carsten? Du hast doch nichts Schlimmes über unsern Heinrich gehört?« – »Schlimmes?« erwiderte der Bruder; »o nein, Brigitte; man hat, seit er fort ist, auch nicht einmal seinen Namen gegen mich genannt.« – Und mit gesenktem Haupte ging er an seinen Arbeitstisch.

Briefe von Heinrich kamen selten, und oftmals forderten sie Geld, da mit dem geringen Gehalte sich dort nicht auskommen lasse. – Sonst ging das Leben seinen stillen Gang; der alte Birnbaum im Hofe hatte wieder einmal geblüht und dann zur rechten Zeit und zur Freude der Nachbarkinder seine Frucht getragen. Besondres war nicht vorgefallen, wenn nicht, daß Anna den Heiratsantrag eines wohlstehenden jungen Bürgers abgelehnt hatte; sie war keine von den Naturen, die durch ihr Blut der Ehe zugetrieben werden: sie hatte ihre alten Pflegeeltern noch nicht verlassen wollen.

Als aber kurz vor Weihnachten Carstens seinem Sohne den plötzlich eingetroffenen Tod des Senators gemeldet hatte, erfolgte in einigen Tagen schon eine Antwort, worin Heinrich seinen Besuch zum Weihnachtsabend ansagte. Eine Geldforderung enthielt der Brief nicht; nicht einmal die Reisekosten hatte er sich auserbeten.

Es war doch eine Freudenbotschaft, die sofort im Hause verkündigt wurde. Und wie eine glückliche Unruhe kam es über alle, da nun das Fest heranrückte; die Händedrücke, die Carsten im Vorbeigehen mit seiner alten Schwester zu wechseln pflegte, wurden inniger; mitunter haschte er sich die geschäftige Pflegetochter, hielt sie einen Augenblick an beiden Händen und sah ihr zärtlich in die heiteren Augen.

Endlich war der Nachmittag des Heiligen Abends herangekommen. Im Hause hatte eine erwartungsvolle Tätigkeit gewaltet; doch bald schien alles zum Empfange des Christkindes und des Gastes vorbereitet. Vom Arbeitstische, der heute von allen Rechnungs- und Kontobüchern entlastet war, blinkte auf schneeweißem Damast das Teegeschirr mit goldenen Sternchen, während daneben die frisch gebackenen Weihnachtskuchen dufteten. Der Tür gegenüber auf der Kommode war Heinrichs Bescherung von den Frauen ausgebreitet: ein Dutzend Strümpfe aus feinster Zephirwolle, woran die sorgsame Tante das ganze Jahr gestrickt hatte; daneben von Annas sauberen Händen eine reich gestickte Atlasweste und eine grünseidene Börse, durch deren Maschen die von Carsten gespendeten Dukaten blinkten. Dieser selbst ging eben in den Keller, um aus seinem bescheidenen Vorrat zwei ganz besondere Flaschen heraufzuholen, die er vorzeiten von einem dankbaren Schutzbefohlenen zum Geschenk erhalten hatte; es sollte heute einmal nichts gespart werden.

Statt seiner trat Tante Brigitte herein, zwei blank polierte Leichter in den Händen, auf denen schneeweiße russische Lichter in ebenso weißen Papiermanschetten steckten, denn schon war die Dämmerung des Heiligen Abends hereingebrochen; draußen zogen schon die Scharen der kleinen Weihnachtsbettler, und ihr Gesang tönte durch die Straßen: »Vom Himmel hoch, da komm ich her.«

Als Carsten wieder eintrat, brannten auch die Lichter schon; die Stube sah ganz festlich aus. Die alten Geschwister wandten die Gesichter gegeneinander und blickten sich herzlich an. »Es wird auch Zeit, Carsten!« sagte Brigitte; »die Post pflegt immer schon um vier zu kommen.«

Carsten nickte, und nachdem er noch eilig seine Flaschen hinter dem warmen Ofen aufgepflanzt hatte, langte er mit zitternder Hand seinen Hut vom Türhaken.

»Soll ich nicht mit Euch, Ohm?« rief Anna. »Hier ist für mich nichts mehr zu tun.«

»Nein, nein, mein Kind; das muß ich ganz allein.« Mit diesen Worten nahm er sein Bambusrohr aus dem Uhrgehäuse und ging hinaus.

Das Postgebäude lag derzeit hoch oben in der Norderstraße; aber es war völlig windstill, ein leichter Frostschnee sank ebenmäßig herab. Carsten schritt rüstig vorwärts, ohne rechts oder links zu sehen; als er jedoch fast sein Ziel erreicht hatte, hörte er sich plötzlich angerufen: »He, Freundchen, Freundchen, nehmt mich mit!« Und Herrn Jaspers' selbst in der Dunkelheit nicht zu verkennende Gestalt schritt aus einer Nebenstraße, munter mit dem Schnupftuch winkend, auf ihn zu. »Merk's schon«, sagte er, »Ihr wollt Euern Heinrich von der Post abholen? Hab' nur gehört, soll ein Staatskerl geworden sein, der junge Schwerenöter!«

»Aber«, sagte Carsten, indem er länger Schritte machte, denen der andre, mit beiden Armen schaukelnd, nachzukommen strebte, »ich dächte, Jaspers, Ihr hättet niemanden zu erwarten!«

»Nein, Gott sei Dank, Carsten! Nein, niemanden! Aber – zum Henker, Ihr braucht nicht so zu rennen! – Man muß doch sehen, was zum lieben Fest für Gäste kommen.«

Sie waren an einer Straßenecke in der Nähe des Posthauses angelangt, wo sich bereits eine Anzahl Menschen angesammelt hatte, um die Ankunft der Post abzuwarten, als Herr Jaspers von einem vorübergehenden Amtsschreiber angerufen wurde.

»Hört Ihr nicht, Jaspers? Der Mann wünscht Euch zu sprechen«, sagte Carsten, der eben aus der Tiefe der Straße das Rummeln eines schweren Wagens heraufkommen hörte.

Aber der andre stand wie gemauert. »Ei, Gott bewahre, Carsten! Laßt den Hasenfuß laufen! Ich bleibe bei Euch, Freundchen; wer weiß, was noch passieren kann! Ihr kennt doch die Geschichte von dem Flensburger Kandidaten, der seine Liebste aus der Kutsche heben wollte, und dem ein schwarzer Negerjunge auf den Nacken sprang!«

»Ich kenne alle Eure Geschichten, Jaspers«, erwiderte Carsten ungeduldig; »aber wenn Ihr's denn wissen wollt, ich wünsche meinen Sohn allein zu empfangen; ich brauche Euch nicht dabei!«

Herrn Jaspers' unerschütterliche Antwort wurde von Peitschenknall und dem schmetternden Klang eines Posthorns übertönt; und gleich darauf rollte auch der schwerfällige Wagen vor die Tür des Posthauses, in den matten Schein, den die darüber befindliche Laterne auf die leicht beschneite Straße hinauswarf. Dann sprang der Postillion vom Bock, vom Schirrmeister wurde die Wagentür aufgerissen, und die Leute drängten sich herzu, um die Fahrgäste aussteigen zu sehen.

Carsten war etwas zurück im Schatten der Mauer stehengeblieben. Da er von hoher Statur war, so konnte er auch von hier aus die in Mäntel und Pelze vermummten Gestalten, welche eine nach der andern aus dem Wagenkasten auf die Straße traten, deutlich genug erkennen.

»Niemand mehr darin?« frug der Schirrmeister.

»Nein, nein!« tönte es von mehreren Seiten; und die Wagentür wurde zugeworfen.

Carsten umklammerte die Krücke seines Stockes und stützte sie darauf; sein Heinrich war nicht gekommen. – Er blickte wie abwesend auf die dampfenden Pferde, die auf dem Pflaster scharrten und klirrend ihre Messingbehänge schüttelten, und wollte sich endlich schon zum Gehen wenden, als er bemerkte, daß er hier nicht der einzige Getäuschte sei. Eine junge Dirne hatte sich an den Postillion herangemacht, der eben die Decken über seine Tiere warf, und schien ihn mit aufgeregten Fragen zu bedrängen. »Ja, ja, Mamsellchen«, hörte er diesen antworten, »es kann noch immer sein; es kommt noch eine Beichaise.«

»Noch eine Beichaise!« Carsten wiederholte die Worte unwillkürlich; ein tiefer Atemzug entrang sich seiner Brust. Der Postillion war ihm bekannt; er hätte ihn fragen können: »Sitzt denn mein Heinrich mit darin?« Aber er vermochte sich nicht vom Fleck zu rühren; mit geschlossenen Lippen stand er und sah bald darauf den Wagen fortfahren und blickte auf die leeren Geleise, die in dem Schnee erkennbar waren, auf welche leis und unaufhaltsam neuer Schnee herabsank und sie bald bedeckte.

Um ihn her war es ganz still geworden; selbst Herr Jaspers schien verschwunden; das Mädchen hatte sich schweigend neben ihn gestellt, die Arme in ihr Umschlagtuch gewickelt. Mitunter klingelte eine Türschelle, dann sangen die Kinderstimmen: »Vom Himmel hoch, da komm ich her!« Die kleinen Weihnachtsbettler mit ihrem tröstlichen Verkündigungsliede zogen noch immer von Haus zu Haus.

Endlich kam es abermals die Straße herauf, näher und näher kam es, noch einmal knallte die Peitsche und schmetterte das Posthorn, und jetzt rollte die verheißene Beichaise in den Laternenschein des Posthauses hinein.

Und ehe die Pferde noch zum Stehen gebracht waren, sah Carsten die Gestalt eines hohen Mannes behende aus dem Wagen springen und gegen sich herankommen. »Heinrich!« rief er und stürzte vorwärts, daß er fast gestrauchelt wäre; aber der Mann wandte sich zu dem Mädchen, das jetzt mit einem Freudenschrei an seinem Halse hing. »Ich dachte schon, du wärst nicht mehr gekommen!« – »Ich? Nicht kommen, am Weihnachtsabend? Oh!«

Carsten blickte den beiden nach, wie sie durch den fallenden Schnee Arm in Arm die Straße hinabgingen; als er sich umwandte, war auch der Platz vor dem Hause leer, wo vorhin die Chaise gehalten hatte. »Er ist nicht gekommen, er wird krank geworden sein«, sagte er halblaut zu sich selber.

Da legte sich eine breite Hand auf seinen Arm. »Oho, Freundchen!« sprach dicht neben ihm Herrn Jaspers' wohlbekannte Stimme, »dachte ich's nicht, daß Ihr Euch Grillen fangen würdet! Krank, meint Ihr? Nein, Carsten, das laßt Euch den Heiligen Abend nicht verderben. Ihr wißt doch, in Hamburg gibt's ganz andre Weihnachten für die jungen Bursche als in Eurem alten Urgroßvaterhause an der Twiete. Aber, seht Ihr, war's nicht hübsch, daß ich Euch warten half? Da habt Ihr doch Gesellschaft auf dem Rückweg!«

Herrn Jaspers' Stimme hatte einen fast zärtlichen Ausdruck angenommen; aber Carsten hörte nicht darauf. Auch auf dem Rückwege ließ er Herrn Jaspers ungestört an seiner Seite traben; er war ein geduldiger Mann geworden.

Als er wieder in sein Haus trat, hörte er rasch die Stubentür von innen anziehen. »Noch einen Augenblick Geduld!« rief Annas helle Stimme; dann gleich darauf wurde die Tür weit aufgeschlagen, und die schlanke Mädchengestalt stand wie in einem Bilderrahmen auf der Schwelle. Sie schritt auch nicht hinaus, sie starrte regungslos auf ihren alten Pflegevater.

»Allein, Ohm?« fragte sie endlich.

»Allein, mein Kind.«

Dann gingen beide zu Tante Brigitte in die festlich aufgeschmückte Stube, und die Frauen, während Carsten schweigend in dem Ledersessel daneben saß, erschöpften sich in immer neuen Mutmaßungen, was es nur gewesen sein könne, das ihnen alle Freude so zerstört habe, bis endlich der Abend vergangen war und sie still die Lichter löschten und die Geschenke wieder forträumten, welche sie kurz zuvor so geschäftig zusammengetragen hatten.

Auch die Weihnachtsfeiertage verflossen, ohne daß Heinrich selber oder ein Lebenszeichen von ihm erschienen wäre. Als auch der Neujahrsabend herankam und die lang erwartete Poststunde wieder so vorüberging, hatten in dem alten Manne die Sorgen der letzten Tage sich zu einer fast erstickenden Angst gesteigert. Was konnte geschehen sein? Wenn Heinrich krank läge in der großen fremden Stadt! Die diesmal ruhigere Überlegung der Frauen vermochte ihn nicht zurückzuhalten, er mußte selber hin und sehen. Vergebens stellten sie ihm die Beschwerlichkeit der langen Reise bei dem eingetretenen scharfen Frost vor Augen; er suchte sich das nötige Reisegeld zusammen und hieß Brigitte seinen Koffer packen; dann ging er in die Stadt, um sich zum andern Morgen Fuhrwerk zu verschaffen.

Als er nach vielem Umherrennen erschöpft nach Hause kam, war ein Brief von Heinrich da; ein Versehen des Postboten hatte die Abgabe verspätet. Hastig riß er das Siegel auf; die Hände flogen ihm, daß er kaum seine Brille aus der Tasche ziehen konnte. Aber es war ein ganz munterer Brief; Herr Jaspers hatte recht gehabt: mit Heinrich war nichts Besonderes vorgefallen, er hatte nur gedacht, es sei doch richtiger, den Weihnachtsmarkt in Hamburg zu genießen und dann später nach Haus zu kommen, wenn erst im Hof der große Birnbaum blühe und sie miteinander auf den Deich hinausspazieren könnten; dann folgte die lustige Beschreibung verschiedener Feste und Schaustellungen; von den Kümmernissen, die er den Seinen zugefügt, schien ihm keine Ahnung gekommen zu sein.

Auch eine Nachschrift enthielt der Brief: er habe auf eigne Hand mit einem guten Freund einige Geschäfte eingefädelt, die schon hübsche Gewinne abgeworfen hätten; er wisse jetzt, wo Geld zu holen sei, sie würden bald noch andres von ihm hören. – Wie gewagt, nach mehr als einer Seite hin, diese Geschäftsverbindung sei, davon freilich war nichts geschrieben.

Carsten, da er alles einmal und noch einmal gelesen hatte, lehnte sich müde in seinen Stuhl zurück; der Name »Juliane« drängte sich unwillkürlich über seine Lippen. Aber jedenfalls – Heinrich war gesund; es war nichts Schlimmes vorgefallen.

»Nun, Ohm?« fragte Anna, die auf Mitteilung harrend mit Tante Brigitte vor ihm stand.

Er reichte ihnen den Brief. »Leset selbst«, sagte er, »vielleicht daß ich heute einmal besser schlafe! Und dann, Anna, bestelle mir den Fuhrmann ab, meine alten Beine können nun nicht mehr!«

Er sah fast glücklich aus bei diesen Worten; ein Ruhepunkt war eingetreten, und er wollte ihn redlich zu benutzen suchen.

Am andern Morgen wurden die Weihnachtsgeschenke aus den Schubladen wieder hervorgeholt und, sorgsam in ein Kistchen verpackt, an Heinrich auf die Post gegeben; obenauf lag ein Brief von Anna, voll herzlichen Zuredens und voll ehrlicher Entrüstung. Als Antwort erhielt sie nach einigen Monaten ein Osterei von Zucker, aus welchem, da es sich öffnen ließ, eine goldene Vorstecknadel zum Vorschein kam; einigen neckende Knittelverse, welche für die guten Lehren dankten, waren auf einem Papierstreifchen darumgewunden.

Wenn die goldene Nadel ein Ertrag der eingefädelten Geschäfte war, so blieb sie jedenfalls das einzige Zeichen, das davon nach Haus gelangte; in den spärlichen Briefen geschah derselben entweder gar nicht oder nur noch in allgemeinen Andeutungen Erwähnung.

Die Zeit rückte weiter, und nach den Ostern war jetzt der Nachmittag des Pfingstfestes herangekommen. Die Frauen befanden sich beide auf dem sonnigen Hausflur in emsiger Beschäftigung; Tante Brigitte hatte das Gardinenbrett des Ladenfensters vor sich auf dem Zahltisch liegen, bemüht, einen blütenweißen Vorhang daran festzunadeln; Anna, der eine Anzahl grüner Waldmeisterkränze über dem einen Arm hing, suchte gegenüber an der frisch getünchten Wand nach Haken oder Nägeln, um daran den Festschmuck zu befestigen. Zwei der Kränze waren glücklich angebracht; bei dem dritten saß der Nagel doch zu hoch, als daß der ausgestreckte Arm des schlanken Mädchens ihn mit dem Kranz erreichen konnte.

»Kind, Kind!« rief Tante Brigitte vom Ladentisch herüber; »du wirst ja kochheiß, so hol doch einen Schemel!«

»Nein, Tante, es muß!« erwiderte Anna lachend und begann unter herzlichem Stöhnen ihre vergeblichen Anstrengungen zu erneuern.

Plötzlich wurde die Haustür aufgerissen, daß das Läuten der Schelle betäubend durch den Flur schallte; dazwischen rief eine jugendliche Männerstimme: »Mannshand oben!«, und zugleich war auch der Kranz aus Annas aufgestreckter Hand genommen und hing im selben Augenblicke oben an dem Nagel. Anna selbst sah sich in den Armen eines schönen Mannes mit gebräuntem Antlitz und stattlichem Backenbarte, dessen Kleidung den Großstädter nicht verkennen ließ. Aber schon hatte sie mit einer so kräftigen Bewegung ihn von sich gestoßen, daß er geradeswegs auf Tante Brigitte zuflog, die vor ihrem Gardinenbrett beide Hände über dem Kopf zusammenschlug. Da brach der Mißhandelte in ein lustiges Gelächter aus, das noch das Ausläuten der Türschelle übertönte.

»Heinrich, Heinrich! Du bist es!« riefen die Frauen wie aus einem Munde.

»Nicht wahr, Tante Brigitte, das nennt man überraschen!«

»Junge«, sagte die Alte noch halb erzürnt; »in deinem modischen Rock steckt doch noch der alte Hansdampf; wenn du dich ansagst, kann man sich zu Tode warten, und wenn du kommst, könnte man vor Schreck den Tod davon haben.«

»Nun, nun, Tante Brigitte, ihr sollt mich auch bald genug schon wieder loswerden; unsereiner hat nicht lange Zeit zu feiern.«

»Ei, Heinrich«, sagte die gute Tante, indem sie ihn mit sichtlicher Zufriedenheit betrachtete, »so sollte es nicht gemeint sein! Was du gesund aussiehst, Junge! Nun aber hilf auch mir noch ein paar Augenblicke mit deiner hübschen Leibeslänge!«

Mit einem Satz war Heinrich über den Ladentisch hinüber und stand gleich darauf auf der Fensterbank, das Gardinenbrett mit den daran hängenden weißen Fahnen in den Händen.

Als kurz darauf ein gemessenes Läuten der Türschelle die Ankunft des bisher abwesenden Hausherrn anzeigte, saß Heinrich bereits wohlversorgt im Zimmer vor dem Kaffeetisch, den aufhorchenden Frauen die Wunder der Großstadt und seiner eignen Tätigkeit verkündend. Gleich darauf stand er dem Vater gegenüber, und dieser ergriff seine beiden Hände und sah ihm mit verhaltenem Atem in die Augen. »Mein Sohn!« sagte er endlich; und Heinrich fühlte, wie aus dem Körper des alten Mannes ein Zittern in den seinen überging.

Noch lange, als sie schon mit den andern am Tische saßen, hingen so die Blicke des Vaters an des Sohnes Antlitz, während dessen bald wieder in Fluß gekommene Reden fast unverstanden an seinem Ohr vorübergingen. Heinrich schien ihm äußerlich fast ein Fremder; die Ähnlichkeit mit Juliane war zurückgetreten, er sagte sich das mit schmerzlicher Befriedigung; die Zeit seines Fortganges aus der Vaterstadt, obgleich nur wenige Jahre seitdem vergangen waren, lag jetzt weit dahinter. Ein freudiger Gedanke erfüllte plötzlich das Herz des Vaters: was auch damals geschehen war, es war nur der Fehler eines in der Entwicklung begriffenen, noch knabenhaften Jünglings, wofür die Verantwortlichkeit dem jetzt vor ihm sitzenden Mann nicht mehr aufgebürdet werden konnte. Carsten faltete unwillkürlich seine Hände; als Annas Blicke sich zufällig auf ihn wandten, hörte auch sie nicht mehr auf Heinrichs Wunderdinge: ihr alter Ohm saß da, als ob er betete.

Später freilich, als Sohn und Vater sich allein gegenübersaßen, mußte Heinrich auch diesem Rede stehen. Er war jetzt auf einer Geschäftsreise für seine Firma; am zweiten Festtag schon mußte er weiter, dem Norden zu. Aus dem eleganten Taschenbuche, das Heinrich hervorzog, wurde Carsten in manche Einzelheiten eingeweiht, und er nickte zufrieden, da er den Sohn in wohlgeordneter Tätigkeit erblickte. Weniger deutlich waren die Mitteilungen, die Heinrich über seine auf eigne Hand betriebenen Geschäfte machte; er verstand es, über diese selbst mit leichter Andeutung fortzugehen und sich dagegen ausführlich über neue Unternehmungen auszulassen, die mit dem unzweifelhaften Gewinn der ersteren begonnen werden sollten. Carsten war in solchen Dingen nicht erfahren; aber wenn in Heinrichs wortreicher Darlegung die Projekte immer höher stiegen und das Gold aus immer reicheren Quellen floß, dann war es ihm mitunter, als blickten plötzlich wieder Julianens Züge aus des Sohnes Antlitz, und zugleich in Angst und Zärtlichkeit ergriff er dessen Hände, als könnte er ihn so auf festem Boden halten.

Dennoch, als sie am andern Vormittage miteinander in der Kirche saßen, konnte er sich einer kleinen Genugtuung nicht erwehren, wenn über den Gesangbüchern in allen Bänken sich die Köpfe nach dem stattlichen jungen Mann herumwandten; ja, es war ihm fast leid, daß heute nicht auch Herr Jaspers aus seinem gewohnten Stuhl herüberpsalmodierte.

Am Nachmittage, während drinnen Carsten und Brigitte ihr Schläfchen hielten, saßen Heinrich und Anna draußen auf der Bank unter dem Birnbaume. Auch sie hielten Mittagsruhe, nur daß die jungen Augen nicht zufielen wie die alten drinnen; zwar sprachen sie nicht, aber sie hörten auf den Sommergesang der Bienen, der tönend aus dem mit Blüten überschneiten Baume zu ihnen herabklang. Bisweilen, und dann immer öfter, wandte Anna den Kopf und betrachtete verstohlen das Gesicht ihres Jugendgespielen, der mit seinem Spazierstöckchen den Namen einer berühmten Kunstreiterin in den Sand schrieb. Sie konnte sich noch immer nicht zurechtfinden; der bärtige Mann an ihrer Seite, dessen Stimme einen so ganz andern Klang hatte, war das der Heinrich von ehedem? – Da flog ein Star vom Dach herab auf die Einfassung des Brunnens, blickte sie mit seinen blanken Augen an und begann mit geschwellter Kehle zu schnattern, als wollte er ihr ins Gedächtnis rufen, wer dort statt seiner einst gesessen habe. Anna öffnete die Augen weit und blickte hinauf nach einem Stückchen blauen Himmels, das durch die Zweige des Baumes sichtbar war; sie fürchtete den Schatten, der drunten aus der Brunnenecke in diesen goldenen Sommertag hineinzufallen drohte.

Aber auch Heinrichs Erinnerung war durch den geschwätzigen Vogel geweckt worden; nur sahen seine Augen keinerlei Schatten aus irgendeiner Ecke. »Was meinst du, Anna«, sagte er, mit seinem Stöckchen nach dem Brunnen zeigend; »glaubst du, daß ich damals wirklich in das dumme Ding hineingesprungen wäre?«

Sie erschrak fast über diese Worte. »Wenn ich es glauben müßte«, erwiderte sie, »so wärest du jedenfalls nicht wert gewesen, daß ich dich davon zurückgerissen hätte.«

Heinrich lachte. »Ihr Frauen seid schlechte Rechenmeister! Dann hättest du mich ja jedenfalls nur sitzenlassen können!«

»O Heinrich, sage lieber, daß so etwas nie – nie wieder geschehen könne!«

Statt der Antwort zog er seine kostbare goldene Uhr aus der Tasche und ließ diese und die Kette vor ihren Augen spielen. »Wir machen jetzt selbst Geschäfte«, sagte er dann; »nur noch einige Monate weiter, da werfe ich den Erben des Senators die paar lumpigen Taler vor die Füße; wollen sie's nicht aufheben, so mögen sie es bleiben lassen; denn freilich, bezahlt muß so was werden.«

»Sie werden es schon nehmen, wenn du es bescheiden bietest«, sagte Anna.

»Bescheiden?« Er hatte sich vor ihr hingestellt und sah ihr ins Gesicht, das sie sitzend zu ihm erhoben hatte. »Nun, wenn du meinst«, setzte er wie gedankenlos hinzu, während seine Augen den Ausdruck aufmerksamster Betrachtung annahmen. »Weißt du wohl, Anna«, rief er plötzlich, »daß du eigentlich ein verflucht hübsches Mädchen bist!«

Die Worte hatten so sehr den Ton unwillkürlicher Bewunderung, daß Anna fast verlegen wurde. »Du hast dir wohl andre Augen aus Hamburg mitgebracht«, sagte sie.

»Freilich, Anna; ich verstehe mich jetzt darauf! Aber weißt du auch wohl, daß du nun bald dreiundzwanzig Jahre alt bist! Warum hast du immer noch keinen Mann?«

»Weil ich keinen wollte. Was sind das für Fragen, Heinrich!«

»Ich weiß wohl, was ich frage, Anna; heirate mich, dann bist du aus aller Verlegenheit.«

Sie sah ihn zornig an. »Das sind keine schönen Späße!«

»Und warum sollen es denn Späße sein?« erwiderte er und suchte ihre Hand zu fassen.

Sie richtete sich fast zu gleicher Höhe vor ihm auf. »Nimmer, Heinrich, nimmer.« Und als sie diese Worte, heftig mit dem Kopf schüttelnd, ausgestoßen hatte, machte sie sich los und ging ins Haus zurück; aber sie war blutrot dabei geworden bis in ihr blondes Stirnhaar hinauf.

Die Geschäfte, von denen Heinrich sich goldene Berge versprochen hatte, mußten doch einen andern Erfolg gehabt haben. Kaum einen Monat nach seiner Abreise kamen Briefe aus Hamburg, von ihm selbst und auch von Dritten, deren Inhalt Carsten den Frauen zu verbergen wußte, der ihn aber veranlaßte, sich bei seinem Gönner, dem sowohl im bürgerlichen als im peinlichen Recht wohlerfahrenen alten Bürgermeister, eine vertrauliche Besprechung zu erbitten. Und schon am nächsten Abend im Ratsweinkeller raunte Herr Jaspers bei seinem Spitzglas Roten seinem Nachbar, dem Stadtwaagemeister, zu: der alte Carstens – der Narr mit seinem liederlichen Jungen –, es sei aus guter Quelle, daß er vormittags mehrere seiner besten Hypothekenverschreibungen mit einer hübschen Draufgabe gegen Bares umgesetzt habe. Der Stadtwaagemeister wußte schon noch mehr: das Geld, eine große Summe, war bereits am Nachmittage nach Hamburg auf die Post gegeben. Man kam überein, es müsse dort etwas geschehen sein, das rasche und unabweisbare Hilfe erfordert habe. »Hilfe!« wiederholte Herr Jaspers, mit den dünnen Lippen behaglich den Rest seines Roten schlürfend; »Hans Christian wollte auch der Ratze helfen und füllte kochend Wasser in die Kesselfalle!«

Jedenfalls, wenn eine Gefahr vorhanden gewesen war, so schien sie für diesmal abgewendet; selbst Herr Jaspers konnte nichts Weiteres erkundschaften, und was an Gesprächen darüber in der kleinen Stadt gesummt hatte, verstummte allmählich. Nur an Carsten zeigte sich von dieser Zeit an eine auffallende Veränderung; seine noch immer hohe Gestalt schien plötzlich zusammengesunken, die ruhige Sicherheit seines Wesens war wie ausgelöscht; während er das eine Mal ersichtlich den Blicken der Menschen auszuweichen suchte, schien er ein andermal in ihnen fast ängstlich eine Zustimmung zu suchen, die er sonst nur in sich selbst gefunden hatte. Über mancherlei unbedeutende Dinge konnte er in jähem Schreck zusammenfahren; so, wenn unerwartet an seine Stubentür geklopft wurde, oder wenn der Postbote abends zu ihm eintrat, ohne daß er ihn vom Fenster aus vorher gesehen hatte. Man hätte glauben können, der alte Carsten habe sich noch in seinen hohen Jahren ein böses Gewissen zugelegt.

Die Frauen sahen das; sie hatten auch wohl ihre eignen Gedanken, im übrigen aber trug Carsten seine Last allein; nur sprach er mitunter sein Bedauern aus, daß er statt aller andern Dinge nicht lieber seine ganze Kraft auf die Vergrößerung des ererbten Geschäftes gelegt habe, so daß Heinrich es jetzt übernehmen und in ihrer aller Nähe leben könnte. – Es stand nicht zum besten in dem Hause an der Twiete; denn auch Tante Brigitte, deren sorgende Augen stets an ihrem Bruder hingen, kränkelte; nur aus Annas Augen leuchtete immer wieder die unbesiegbare Heiterkeit der Jugend.

Es war an einem heißen Septembernachmittag, als die Glocke an der Haustür läutete und gleich darauf Tante Brigitte aus der Küche, wo sie mit Anna beschäftigt war, auf den Flur hinaustrat. »In Christi Namen!« rief sie, »da kommt der Stadtunheilsträger, wie der Herr Bürgermeister ihn nennt! Was will der von uns?«

»Fort mit Schaden!« sagte Anna und klopfte mit dem Messer, das sie in der Hand hielt, unter den Tisch. »Nicht wahr, Tante, das hilft?«

Mittlerweile stand der Berufene schon vor der offenen Küchentür. »Ei, schönsten guten Tag miteinander!« rief er mit seiner Altweiberstimme, indem er mit seinem blaukarierten Taschentuche sich die Schweißtropfen von den Haarspitzen seiner fuchsigen Perücke trocknete. »Nun, wie geht's, wie geht's? Freund Carstens zu Hause? Immer fleißig bei der Arbeit?«

Aber bevor er noch eine Antwort bekommen konnte, hatte er die alte Jungfrau mit einem neugierigen Blick gemustert. »Ei, ei, Brigittchen, Ihr seht übel aus; Ihr habt verspielt, seit wir uns nicht gesehen.«

Tante Brigitte nickte. »Freilich, es will nicht mehr so recht; aber der Physikus meint, jetzt bei dem schönen Wetter werd es besser werden.«

Herr Jaspers ließ ein vergnügliches Lachen hören. »Ja, ja, Brigittchen, das meinte der Physikus auch bei der kleinen dänischen Marie im Kloster, als sie die Schwindsucht hatte. Ihr wißt, sie nannte ihr Stübchen immer min lütje Paradies« – er lachte wieder höchst vergnüglich –, »aber sie mußte doch fort aus dat lütje Paradies.«

»Gott bewahre uns in Gnaden«, rief Tante Brigitte. »Ihr alter Mensch könntet einem ja mit Euren Reden den Tod auf den Hals jagen!«

»Nun, nun, Brigittchen; alte Jungfern und Eschenstangen, die halten manche Jahre!«

»Jetzt aber macht, daß Ihr aus meiner Küche kommt, Herr Jaspers«, sagte Brigitte; mein Bruder wird Euch besser auf Eure Komplimente dienen.«

Herr Jaspers retirierte; zugleich aber hob er sich die dampfende Perücke von seinem blanken Schädel und reichte sie auf einem Finger gegen Anna hin. »Jungfer«, sagte er, »sei Sie doch so gut und hänge Sie mir derweil das Ding zum Trocknen auf Ihren Plankenzaun; aber paß Sie auch ein wenig auf, daß es die Katz nicht holt.«

Anna lachte. »Nein, nein, Herr Jaspers; tragt Euer altes Scheusal nur selbst hinaus! Und unsre Katz, die frißt solch rote Ratzen nicht.«

»So, so? Ihr seid ja ein naseweises Ding!« sagte der Stadtunheilsträger, besah sich einen Augenblick seinen abgehobenen Haarschmuck, trocknete ihn mit seinem blaukarierten Taschentuche, stülpte ihn wieder auf und verschwand gleich darauf in der Tür des Wohnzimmers.

Als Carsten, der bei seinen Rechnungsbüchern saß, Herrn Jaspers' vor Geschäftigkeit funkelnde Äuglein durch die Stubentür erscheinen sah, legte er mit einer hastigen Bewegung seine Feder hin. »Nun, Jaspers«, sagte er, »was für Botschaft führt Ihr denn heute wiederum spazieren?«

»Freilich, freilich, Freundchen«, erwiderte Herr Jaspers, »aber Ihr wißt ja, des einen Tod, des andern Brot!«

»Nun, so macht es kurz und schüttet Eure Taschen aus!«

Herr Jaspers schien den gespannten Blick nicht zu beachten, der aus den großen, tiefliegenden Augen auf sein kleines, faltenreiches Gesicht gerichtet war. »Geduld, Geduld, Freundchen!« sagte er und zog sich behaglich einen Stuhl herbei – »also: der kleine Krämer in der Süderstraße, wo die Ostenfelder immer ihre Notdurft holen – Ihr kennt ihn ja; das Kerlchen hatte immer eine blanke wohlgekämmte Haartolle; aber das hat ihm nichts geholfen, Carsten, nicht für einen Sechsling! Ich hoffe nicht, daß Ihr mit diesem kleinen Kiebitz irgendwo verwandt seid.«

»Ihr meint durch meinen Geldbeutel? Nein, nein, Jaspers; aber was ist mit dem? Es war bei seinen Eltern eine gute Brotstelle.«

»Allerdings, Carsten; aber eine gute Brotstelle und ein dummer Kerl, die bleiben doch nicht lange zusammen; er muß verkaufen. Ich hab's in Händen; viertausend Taler Anzahlung, fünftausend protokollierte Schulden gehen in den Kauf. – Nun? Guckt Ihr mich an? – Aber ich dachte gleich, das wäre so etwas für Euren Heinrich, wie es Euch nicht alle Tage in die Hände läuft!«

Carsten hörte das; er wagte nicht zu antworten; unruhig schob er die Papiere, die vor ihm lagen, durcheinander. Dann aber sagte er, und die Worte schienen ihm schwer zu werden: »Das geht noch nicht; mein Heinrich muß erst noch älter werden!«

»Älter werden?« Herr Jaspers lachte wieder höchst vergnüglich. »Das meinte auch unser Pastor von seinem Jungen; aber, Freundchen, was zu einem Esel geboren ist, wird sein Tage nicht kein Pferd.«

Carsten spürte starken Drang, gegen seinen Gast sein Hausrecht zu gebrauchen; aber er fürchtete unbewußt, die Sache selber mit zur Tür hinauszuwerfen.

»Nein, nein, Freundchen«, fuhr der andre unbeirrt fort; »ich weiß Euch besseren Rat; eine Frau müßt Ihr dem Heinrich schaffen, versteht mich, eine fixe; und eine, die auch noch so ein paar Tausende in bonis hat! Nun« – und er machte mit seiner Fuchsperücke eine Bewegung nach der Gegend der Küche hin –, »Ihr habt ja alles nahebei.«

Carsten sagte fast mechanisch: »Was Ihr Euch doch um andrer Leute Kinder für Sorgen macht!«

Aber Herr Jaspers war aufgestanden und sah mit einem schlauen Blick auf den Sitzenden hinab. »Überlegt's Euch, Freundchen, ich muß noch auf die Kämmerei; bis morgen halt ich Euch die Sache offen.«

Er war bei diesen Worten schon zur Tür hinaus. Carsten blieb mit aufgestütztem Kopf an seinem Tische sitzen; er sah es nicht, wie gleich darauf, während Herrn Jaspers' hoher Zylinder sich draußen an den Fenstern vorüberschob, die kleinen zudringlichen Augen noch einen scharfen Blick ins Zimmer warfen.

Die Vorschläge des »Stadtunheilträgers« schienen dennoch nach-
gewirkt zu haben. – Das war es ja, wonach Carsten sich so lange
umgesehen; das zu Kauf gestellte, jetzt zwar herabgekommene
Geschäft konnte bei guter Führung und ohne zu hohe Zinsenlast als
eine sichere Versorgung gelten. Hier am Orte konnte der Vater
selbst ein Auge darauf halten, und Heinrich würde allmählich auf
sich selber stehen lernen. Carsten faßte sich ein Herz; mit zitternder
Hand holte er noch einmal aus seinem Schreibpult jene Hamburger
Briefe, die ihm vor nicht langer Zeit den größten Teil seines kleinen
Vermögens gekostet hatten, und las sie, einen nach dem andern,
sorgsam durch. Dem letzten lag ein quittierter Wechsel bei; der
Name unter dem Akzept war mit vielen Strichen unleserlich gemacht.

Wie oft hatte er jene Briefe nicht schon durchgelesen, um immer
aufs neue sich zu überzeugen, daß alles geordnet sei, daß für die
Zukunft kein Unheil mehr daraus entstehen könne! Aber sie sollten
endlich nun vernichtet werden. Er zerriß sie in kleine Fetzen und
warf sie in den Ofen, wo dann das erste Winterfeuer sie ganz ver-
zehren mochte.

Als habe er heimlich eine böse Tat begangen, so leise drückte er
die Tür des Ofens wieder zu. Dann stand er lange noch vor seinem
offenen Pulte, den Schlüssel in der Hand; er atmete mühsam, und
sein grauer Kopf sank immer tiefer auf die Brust. Aber dennoch –
und immer wieder stand ihm das vor Augen –, wozu die Verhältnisse der Großstadt den schwachen Sohn verführt hatten, hier in der
kleinen Stadt war das unmöglich! Wenn er ihn nur bald, nur gleich
zur Stelle hätte! Eine fieberhafte Angst befiel ihn, sein Sohn könne
eben jetzt, im letzten Augenblick, wo doch vielleicht der sichere
Hafen ihm bereitstehe, noch einmal sich in jenen Strudel wagen.

Das Pult zwar wurde endlich abgeschlossen; aber wohl eine
Stunde lang ging der sonst nie müßige Mann wie zwecklos in Haus
und Hof umher, sprach bald mit den Frauen ein Wort über Dinge,
um die er sich nie zu kümmern pflegte, bald ging er durch den Pesel in den Hof, um die seit lange hergestellte Brunneneinfassung zu
besichtigen. Von hier zurückkommend, öffnete er eine Tür, die aus
dem Pesel in einen Seitenbau und in dessen oberem Stockwerk zu
Julianens Sterbekammer führte. Die schmale, seit Jahren nicht ge-

brauchte Treppe krachte unter seinen Tritten, als führe die alte Zeit aus ihrem Schlafe auf. Droben in der Kammer, unter dem Fenster, das auf die düstere Twiete ging, stand ein leeres, von Würmern halb zerstörtes Bettgestell. Carsten zog den einzigen Stuhl heran und blieb hier sitzen. Vor seinen Augen füllten sich die nackten Bretter; aus weißen Kissen sah ein blasses Antlitz, zwei brechende Augen blickten ihn an, als wollten sie ihm jetzt verheißen, was zu gewähren doch zu spät war.

Erst spät am Nachmittage saß Carsten wieder an seinem Arbeitstisch. Doch waren es nicht die gewohnten Dinge, die er heute vornahm; eine Kuratelrechnung, obwohl sie morgen zur Konkurssache eingereicht werden sollte, war beiseitegeschoben und dagegen ein kleines Buch aus dem Pult genommen, das den Nachweis des eignen Vermögensstandes enthielt; die großen dunkeln Augen irrten unstet über die aufgeschlagenen Paginas. Der Alte seufzte; über die besten Nummern war ein roter Strich gezogen. Dennoch begann er sorgsam seinen Status aufzustellen: was gegenwärtig an Mitteln noch vorhanden war, worauf er in Zukunft noch zu rechnen hatte. Da es nicht reichen wollte, kalkulierte er überdies den Wert seiner kleinen Marschfenne, die er bisher noch immer festgehalten hatte; aber die Landpreise waren in jener Zeit nur unerheblich. Er dachte daran, zu seinen übrigen Arbeiten noch ein städtisches Amt zu übernehmen, das man ihm neulich angeboten, das er aber seiner geschwächten Gesundheit halber nicht anzunehmen gewagt hatte; nun meinte er, er sei zu zag gewesen; gleich morgen wolle er sich zu der noch immer unbesetzten Stelle melden. Und aufs neue machte er seine Berechnung; aber das gehoffte Resultat wollte nicht erscheinen. Er legte die Federe nachdenklich hin und wischte sich den Schweiß aus seinen grauen Haaren.

Da klang ihm vor den Ohren, was Herr Jaspers ihm geraten hatte, und seine Gedanken begannen in den wohlhabenden Bürgerhäusern herumzuwandern. Freilich, es waren schon Mädchen dort zu finden, wirtschaftlich und sittsam, und einzelne – so dachte er – wohl fest genug, um einen schwachen Mann zu stützen; aber würde er für seinen Heinrich dort anzuklopfen wagen?

Während er sich selbst zur Antwort langsam seinen Kopf schüttelte, trat Anna in der ganzen heiteren Entschlossenheit ihres Wesens in die Stube; wie ein Aufleuchten flog es über seine Augen, und unwillkürlich streckte er beide Arme nach ihr aus.

Anna sah ihn befremdet an. »Wolltet Ihr etwas, Carsten Ohm?« fragte sie freundlich.

Carsten ließ die Arme sinken. »Nein, Kind«, sagte er fast beschämt, »ich wollte nichts; laß dich nicht stören, du wolltest wohl zum Vesperbrote anrichten.«

Er nahm wieder die Feder, als wolle er in der vor ihm liegenden Berechnung fortfahren; aber seine Augen blieben an dem Mädchen hängen, während diese den Klapptisch von der Wand ins Zimmer rückte und dann, kaum hörbar, mit ihrer sicheren Hand die Dinge zum gewohnten Abendtee zurechtsetzte. Ein Bild der Zukunft stieg in seiner Seele auf, vor dem er alle seine Sorgen niederlegte. – – Aber nein, nein; er hatte immer treu für dieses Kind gesorgt! Ja, wenn das letzte nicht geschehen wäre!

Er war aufgestanden und vor sein bescheidenes Familienbild getreten. Als er es ansah, schien ihm das gemalte Abendrot zu flammen, und die Schattengestalten begannen einen Körper anzunehmen. Er nickte ihnen zu; ja, ja, das war sein Vater, seine Großmutter; das waren ehrliche Leute, die da spazierengingen!

– – Als bald darauf die Hausgenossen beim Abendbrot zusammensaßen, forschten Brigittens schwesterliche Augen immer eindringlicher in des Bruders Antlitz, das den Ausdruck der Verstörung nicht verhehlen konnte. »Tu's von dir, Carsten!« sagte sie endlich, seine Hand erfassend. »Was für eine Tracht Unheils hat der elende Mensch denn dieses Mal auf dich abgeladen?«

»Kein Unheil just, Brigitte«, erwiderte Carsten, »nur eine Hoffnung, die sich nicht erfüllen kann.« Und dann berichtete er den Frauen von dem Angebot des Geweses, von seinen Wünschen und endlich – daß es sich denn doch nicht zwingen lasse.

Es folgte eine Stille nach diesen Worten. Anna schaute auf das Teekraut in ihrer leeren Tasse; aber sie fand kein Orakel darin, wie die alten Weiber das verstehen. Ihr kleiner Reichtum drückte sie wieder einmal; endlich faßte sie sich Mut, und die Augen zu ihrem Pflegevater aufhebend, sagte sie leise: »Ohm!«

»Was meinst du, Kind?«

»Zürnt mir nicht, Ohm! Aber Ihr habt nicht gut gerechnet!«

»Nicht gut gerechnet! Anna, willst du es etwa besser machen?«

»Ja, Ohm!« sagte sie fest, und ein paar helle Tränen sprangen aus ihren blauen Augen; »sind meine dummen Taler denn auch dieses Mal nicht zu gebrauchen?«

Carsten blickte eine Weile schweigend zu ihr hinüber. »Ich hätte es mir von dir wohl denken sollen«, sagte er dann; »aber, nein, Anna, auch diesmal nicht.«

»Weshalb nicht? Saget nur, weshalb nicht?«

»Weil eine solche Vermögensanlage keine Sicherheit gewährt.«

»Sicherheit?« – – Sie war aufgesprungen, und seine beiden Hände ergreifend, war sie vor ihm hingekniet; ihr junges Antlitz, das sie jetzt zu ihm erhob, war ganz von Tränen überströmt. »Ach, Ohm, Ihr seid schon alt; Ihr haltet das nicht aus, so viele Sorgen!«

Aber Carsten drängte sie von sich. »Kind, Kind, du willst mich in Versuchung führen; weder ich noch Heinrich dürfen solches annehmen.«

Hilfesuchend wandte Anna den Kopf nach Tante Brigitte; die aber saß wie ein Bild, die Hände vor sich auf den Tisch gefaltet. »Nun, Ohm«, sagte sie, »wenn Ihr mich zurückstoßet, so werde ich an Heinrich selber schreiben.«

Carsten legte sanft die Hand auf ihren Kopf. »Gegen meinen Willen, Anna? Das wirst du nimmer tun.«

Das Mädchen schwieg einen Augenblick; dann schüttelte sie leise den Kopf unter seiner Hand. »Nein, Ohm, das ist wohl wahr, nicht gegen Euren Willen. Aber seid nicht so hart: es gilt ja doch sein Glück!«

Carsten hob ihr Antlitz von seinen Knien zu sich auf und sagte: »Ja, Anna, das denk ich auch; aber den Einsatz darf nur einer geben; der eine, der ihm auch das Leben gab. und nun, mein liebes Kind, nichts mehr von dieser Sache!«

Er drückte sie sanft von sich ab; dann schob er seinen Stuhl zurück und ging hinaus.

Anna blickte ihm nach; bald aber sprang sie auf und warf sich Tante Brigitte in die Arme.

»Wir wollen es dem lieben Gott anheimstellen«, sagte die alte Frau; »ich habe dieses Mal meinen Bruder wohl verstanden.« Dann hielt sie das große Mädchen noch lange in ihren Armen.

– – Carsten war in den Hof gegangen. In der schon eingetretenen Dunkelheit saß er unter dem alten Familienbaum, der längst von Früchten leer war und aus dessen Krone er jetzt Blatt um Blatt neben sich zu Boden fallen hörte. Er dachte rückwärts in die Vergangenheit; und bald waren es Bilder, die von selber kamen und vergingen. Die Gestalt seines schönen Weibes zog an ihm vorüber, und er streckte die Arme in die leere Luft; er wußte selbst nicht, ob nach ihr oder nach dem fernen Sohn, der ihn noch unauflöslicher an ihren Schatten band. Dann wieder sah er sich selber auf der Bank sitzen, wo er gegenwärtig saß; aber als einen Knaben, mit einem Buche in der Hand; aus dem Hause hörte er die Stimme seines Vaters, und der kleine Peter kam auf seinem Steckenpferde in den Hof geritten. Bald aber mußte er sich fragen, weshalb dieses friedvolle Bild ihn jetzt mit solchem Weh erfüllte. Da überkam's ihn plötzlich: »Damals – – ja, damals hatte er sein Leben selbst gelebt; jetzt tat ein andrer das; er hatte nichts mehr, das ihm selbst gehörte – – keine Gedanken – – keinen Schlaf –«

Er ließ seinen müden Körper gegen den Stamm des Baumes sinken; fast beruhigend klang der leise Fall der Blätter ihm ins Ohr.

– – Aber es sollte noch ein andres geschehen, ehe dieser Tag zu Ende ging. – Drinnen hatte Brigitte sich endlich in gewohnter Weise an ihr Spinnrad gesetzt, und Anna begann den Tisch abzuräumen. Als sie mit dem Geschirr auf den Flur hinaustrat, ging eben der Postbote vorüber. »Für die Mamsell«, sagte er und reichte ihr einen Brief durch die halb offene Haustür. Bei dem Lichte, das auf dem Ladentisch brannte, erkannte Anna mit Verwunderung in der Adresse Heinrichs Handschrift; er hatte niemals so an sie geschrieben. Nachdenklich nahm sie das Licht und zog, als sie hineingetreten war, die Tür der Küche hinter sich ins Schloß.

Es dauerte lange, bevor sie wieder in die Stube kam; aber Brigitte hatte es nicht gemerkt; ihr Spinnrad schnurrte gleichmäßig weiter, während Anna wie alle Tage jetzt den Tisch zusammenklappte und wieder an die Wand setzte. Nur etwas unsicherer und lauter geschah das heute; von dem Briefe sagte sie weder der alten Frau noch ihrem Pflegevater, als dieser nach einiger Zeit ins Zimmer kam und sich an seine Bücher setzte.

Endlich gingen die Frauen in das Oberhaus nach ihrer gemeinschaftlichen Schlafkammer, welchen gegen den Hof hinaus lag. Die Fenster hatten offengestanden und die Abendfrische eingelassen; aber Anna konnte den Schlaf nicht finden; in das Rauschen des Birnbaumes trug der Wind in langen gemessenen Pausen den Schall der Kirchenuhr herüber, und sie zählte eine Stunde nach der andern.

Auch Brigitte schien heute nicht zu ihrem Recht zu kommen; denn sie setzte sich auf und sah nach dem Bette des Mädchens, das dem ihrigen gegenüber an der Wand stand. »Kind, hast du noch immer nicht geschlafen?« fragte sie.

»Nein, Tante Brigitte.«

»Nicht wahr, du grämst dich um meinen alten Bruder? Aber ich kenne ihn; bitte ihn nicht mehr darum; es wäre ganz um seine Ruh geschehen, wenn du ihn bereden könntest.«

Anna antwortete nicht.

»Schläfst du, Kind?« fragte Brigitte wieder.

»Ich will es versuchen, Tante.«

Brigitte fragte nicht mehr; Anna hörte sie bald im ruhigen Schlummer atmen.

Es war fast am Vormittag, als das junge Mädchen aus einem tiefen Schlaf erwachte, den sie endlich doch gefunden und aus dem die gute Tante sie nicht hatte wecken wollen. Rasch war sie in den Kleidern und ging ins Unterhaus hinab, wo sie durch die offene Tür des Pesels Brigitte an einem der dort befindlichen großen Schränke beschäftigt sah; aber sie ging nicht zu ihr, sondern in die Küche und ließ sich auf dem hölzernen Stuhl am Herde nieder. Nachdem sie von dem Kaffee, der für sie warmgestellt war, in eine Tasse geschenkt, eine Weile müßig davor gesessen und dann dieselbe zur Hälfte ausgetrunken hatte, stand sie mit einer entschlossenen Bewegung auf und trat gleich darauf ins Wohnzimmer.

Carsten stand am Fenster und schaute müßig auf den Hafenplatz hinaus. Jetzt wandte er sich langsam zu der Eintretenden: »Du hast nicht schlafen können«, sagte er, ihr die Hand reichend.

»O doch, Ohm, ich hab' ja nachgeschlafen.«

»Aber du bist blaß, Anna. Du bist zu jung, um für andrer Leute Sorgen deinen Schlaf zu geben.«

»Andrer Leute, Ohm?« Sie sah ihm eine Weile ruhig in die Augen. Dann sagte sie: »Ich habe auch für mich selber viel zu denken gehabt.«

»So sprich es aus, wenn du meinst, daß ich dir raten kann!«

»Sagt mir nur«, erwiderte sie hastig, »ist das Gewese in der Süderstraße noch zu kaufen? Ich hab's doch nicht verschlafen? Herr Jaspers ist doch nicht schon wieder hier gewesen?«

Carsten sagte fast hart: »Was soll das, Anna? Du weißt, daß ich es nicht kaufen werde.«

»Das weiß ich, Ohm, aber – –«

»Nun, Anna, was denn: aber?«

Sie war dicht vor ihn hingetreten. »Ihr sagtet gestern, ich dürfe nicht zu Heinrichs Glück den Einsatz geben; aber – wenn Ihr gestern recht hattet, es ist nun anders geworden über Nacht.«

»Laß das, Kind!« sagte Carsten; »du wirst mich nicht bereden.«

»Ohm, Ohm!« rief Anna, und eine freudige Zärtlichkeit klang aus ihrer Stimme; »es hilft nun nichts mehr; denn Euer Heinrich hat mich zur Frau verlangt, und ich werde ihm mein Jawort geben.«

Carsten starrte sie an, als sei der Blitz durch ihn hindurchgeschlagen. Er sank auf den neben ihm stehenden Ledersessel, und mit den Armen um sich fahrend, als müsse er unsichtbare Feinde von sich abwehren, rief er heftig: »Du willst dich uns zum Opfer bringen! Weil ich dein Geld allein nicht wollte, so gibst du dich nun selber in den Kauf!«

Aber Anna schüttelte den Kopf. »Ihr irrt Euch, Ohm! So lieb ihr mir auch alle seid, das könnt ich nimmer; danach bin ich nicht geschaffen.«

Zaghaft, als könne sein Wort das nahende Glück zerstören, entgegnete Carsten: »Wie ist denn das? Ihr waret doch allzeit nur wie Geschwister!«

»Ja, Ohm!« und ein fast schelmisches Lächeln flog über ihr hübsches Angesicht; »ich habe das auch gemeint; aber auf einmal war's doch nicht mehr so.« Dann plötzlich ernst werdend, zog sie einen Brief aus ihrer Tasche. »Da lest selbst«, sagte sie, »ich erhielt ihn gestern vor dem Schlafengehen.«

Seine Hände griffen danach; aber sie bebten, daß seine Augen kaum die Zeilen fassen konnten.

Was sie ihm gegeben hatte, war der Brief eines Heimwehkranken. »Ich tauge nicht hier!« schrieb Heinrich, »ich muß nach Hause; und wenn du bei mir bleiben willst, du, Anna, mein ganzes Leben lang, dann werde ich gut sein, dann wird alles gut werden.«

Der Brief war auf den Tisch gefallen; Carsten hatte mit beiden Armen das Mädchen zu sich herabgezogen. »Mein Kind, mein liebes Kind«, flüsterte er ihr zu, während unaufhörlich Tränen aus seinen Augen quollen, »ja, bleibe bei ihm, verlaß ihn nicht; er war ja doch ein so guter kleiner Junge!«

Aber plötzlich, wie von einem inneren Schrecken getrieben, drückte er sie wieder von sich. »Hast du es bedacht, Anna?« sagte er – »ich könnte dir nicht raten, meines Sohnes Frau zu werden.«

Ein leichtes Zucken flog über das Gesicht des Mädchens, während der alte Mann mit geschlossenen Lippen vor ihr saß. Ein paarmal nickte sie ihm zu: »Ja, Ohm«, sagte sie dann, »ich weiß wohl, er ist nicht der Bedachteste, sonst hättet Ihr ja keine Sorgen; aber was damals, vor Jahren, hier geschah, Ihr sagtet selbst einmal, Ohm, es war ein halber Bubenstreich; und wenn er auch den Ersatz noch nicht geleistet hat, so etwas ist doch nicht mehr vorgekommen.«

Carsten erwiderte nichts. Unwillkürlich gingen seine Blicke nach dem Ofen, worin die Fetzen jener Briefe lagen. – Wenn er sie jetzt hervorholte! Wenn er vor ihren Augen sie jetzt wieder Stück für Stück zusammenfügte! – Weder Anna noch Brigitte wußten von diesen Dingen.

Seine Tränen waren versiegt; aber er nahm sein Schnupftuch, um sich die hervorbrechenden Schweißperlen von der Stirn zu trocknen. Er versuchte zu sprechen; aber die Worte wollten nicht über seine Lippen.

Das schöne blonde Mädchen stand wieder aufgerichtet vor ihm; mit steigender Angst suchte sie die Gedanken von seinem stummen Antlitz abzulesen.

»Ohm, Ohm!« rief sie. »Was ist geschehen? Ihr waret so still und sorgenvoll die letzte Zeit!« – Aber als er wie flehend zu ihr aufblickte, da strich sie mit der Hand ihm die gefurchte Wange. »Nein, sorget Euch nur nicht so sehr; nehmt mich getrost als Tochter an; Ihr sollet sehen, was eine gute Frau vermag!«

Und als er jetzt in ihre jungen mutigen Augen blickte, da vermochte er das Wort nicht mehr zu sagen, vor dem mit einem Schlag seines Kindes Glück verschwinden konnte.

Plötzlich ergriff Anna, die einen Blick durchs Fenster getan hatte, seine Hände. »Da kommt Herr Jaspers!« sagte sie. »Nicht so? Ihr macht nun alles richtig?« Und ohne eine Antwort abzuwarten, ging sie rasch zur Tür hinaus.

Da wurde ihm die Zunge frei. »Anna, Anna!« rief er; wie ein Hilferuf brach es aus seinem Munde. Aber sie hörte es nicht mehr; statt ihrer schob sich Herrn Jaspers' Fuchsperücke durch die Stubentür, und mit ihm hinein drängten sich wieder die schmeichelnden Zukunftsbilder und halfen, unbekümmert um das Dunkel hinter ihnen, den Handel abzuschließen.

Mit dem Eckhause an der andern Seite der Twiete beginnt vom Hafenplatz nach Osten zu die Krämerstraße, deren gegenüberliegende Häuserreihe, am Markt vorüber, sich in der langen Süderstraße fortsetzt. Dort, in einem geräumigen Hause, wohnten Heinrich und Anna. Vor dem Laden auf dem geräumigen Hausflur wimmelte es an den Markttagen jetzt wieder von einkaufenden Bauern, und Anna hatte dann vollauf zu tun, die Gewichtigeren von ihnen in die Stube zu nötigen, zu bewirten und zu unterhalten; denn das gewandte und umgängliche Wesen ihres Mannes hatte die Kundschaft nicht nur zurückgebracht, sondern auch vermehrt.

Carsten konnte es sich nicht versagen, täglich einmal bei seinen Kindern vorzugucken. Von dem Hafenplatze, dort wo die Schleuse nach Osten zu die Häuserreihe unterbricht, führte ein anmutiger Fußweg hinter den Gärten jener Straßen, auf welchem man derzeit zu einer bestimmten Vormittagsstunde ihn unfehlbar wandern sehen konnte. Aber er gönnte sich Weile; gestützt auf seinen treuen Bambus, stand er oftmals im Schatten der hohen Gartenhecken und schaute nach der andern Seite auf die Wiese, durch welche der Meerstrom sich ins grüne Land hinausdrängt; jetzt zwar gebändigt durch die Schleuse, im Herbst oder Winter aber auch wohl darüber hinstürzend, die Wiesen überschwemmend und die Gärten arg verwüstend. – Bei solchen Gedanken kamen Stock und Beine des Alten wieder in Bewegung: er mußte sogleich doch Anna warnen, daß sie im Oktober ihre schönen Sellerie zeitig aus der Erde nehme. Hatte er dann das Lattenpförtchen zu Annas Garten erreicht, so kam die hohe Frauengestalt ihm meistens auf dem langen Steige schon entgegen; ja, als es zum zweiten Male Sommer wurde, kam sie nicht allein; sie trug einen Knaben auf ihrem Arm, der ihr eigen und der auf den Namen seines Vaters getauft war. Und wie gut ihr das mütterliche Wesen ließ, wenn sie, die frische Wange an die ihres Kindes lehnend, leise singend den Garten hinabschritt! Selbst Carsten hatte auf diesen Gängen jetzt Gesellschaft; denn durch das Kind war, trotz ihrer vorgeschrittenen Altersschwäche, auch Brigitte in Bewegung gebracht. Unten am Pförtchen schon, wenn droben kaum

die junge Frau mit dem Kinde aus den Bäumen trat, riefen die alten
Geschwister den beiden zärtliche Worte zu. Brigitte nickte, und
Carsten winkte grüßend mit seinem Bambusrohr, und wenn sie
endlich nahe gekommen waren, so konnte Brigitte an dem Anblick
des Kindes, Carsten noch mehr an dem der Mutter sich kaum ersät-
tigen.

– – Das Glück ging vorüber, ja, es war schon fort, als Carsten und
Brigitte noch in seinem Schein zu wandeln glaubten; ihre Augen
waren nicht mehr scharf genug, um die feinen Linien zu gewahren,
die sich zwischen Mund und Wangen allmählich auf Annas klarem
Antlitz einzugraben begannen.

Heinrich, der anfänglich mit seinem rasch verfliegenden Feuerei-
fer das Geschäft angefaßt hatte, wurde bald des Kleinhandels und
des dabei vermachten persönlichen Verkehrs mit dem Landvolke
überdrüssig. Zu mehrerem Unheil war um jene Zeit wieder einmal
ein großsprechender Spekulant in die Stadt gekommen, nur wenig
älter als Heinrich und dessen Verwandter von mütterlicher Seite; er
war zuletzt in England gewesen und hatte von dort zwar wenig
Mittel, aber einen Kopf voll halbreifer Pläne mit herübergebracht,
für die er bald Heinrichs lebhafte Teilnahme zu entzünden wußte.

Zunächst versuchte man es mit einem Viehexport auf England,
der bisher in den Händen einer günstig belegenen Nachbarstadt
gewesen war. Nachdem dies mißlungen war, wurde draußen vor
der Stadt unter dem Seedeich ein Austernbehälter angelegt, um mit
den englischen Natives den hiesigen Pächtern Konkurrenz zu machen; aber dem an sich aussichtslosen Unternehmen fehlte überdies
die sachkundige Hand, und Carsten, dessen Warnung man vorher
verachtet hatte, mußte einen Posten nach dem andern decken und
eine Schuld über die andre auf seine Grundstücke einschreiben
lassen.

Anna sah jetzt ihren Mann nur selten einen Abend noch im Hause; denn der unverheiratete Vetter nahm ihn mit in eine Wirtsstube,
in der er den Beschluß seines Tagewerkes zu machen pflegte. Hier
beim heißen Glase wurden die Unternehmungen beraten, womit
man demnächst die kleine Stadt in Staunen setzen wollte; nachher,
wenn dazu der Kopf nicht mehr taugte, kamen die Karten auf den
Tisch, wo Einsatz und Erfolg sich rascher zeigten.

Heinrich hatte bei alledem die Augen für sein Weib noch nicht verloren. Warf das Glück ihm einen augenblicklichen Gewinn zu, der ihn in seinem Sinne jedesmal zum reichen Manne machte, so gab er wohl die Hälfte davon hin, sei es für goldne Ketten oder Ringe oder für einen kostbaren Stoff, um ihren schönen Leib damit zu schmücken. Aber was sollte Anna, als die Frau eines Kleinhändlers, mit diesen Dingen, zumal da nach und nach die ganze Leitung des Ladengeschäftes auf ihre Schultern gekommen war?

Eines Sonntags - die erste Ladung Austern war damals eben rasch und glücklich ausverkauft -, da sie, ihren Knaben auf dem Arm, im Zimmer auf und ab ging, trat Heinrich rasch und fröhlich zu ihr ein. Nachdem er eine Weile seine Augen auf ihrem Antlitz hatte ruhen lassen, führte er sie vor den Spiegel und legte dann plötzlich ein Halsband mit à jour gefaßten Saphiren um ihren Nacken; glücklich wie ein Kind betrachtete er sie.

»Nun, Anna? - Laß dir's gefallen, bis ich dir Diamanten bringen kann!«

Der Knabe griff nach den funkelnden Steinen und stieß Laute des Entzückens aus, aber Anna sah ihren Mann erschrocken an. »O Heinrich, du hast mich lieb; aber du verschwendest! Denk an dich, an unser Kind!«

Da war die Freude auf seinem Antlitz ausgelöscht; er nahm den Schmuck von ihrem Halse und legte ihn wieder in die Kapsel, aus der er ihn zuvor genommen hatte. »Anna!« sagte er nach einer Weile und ergriff fast demütig die Hand seiner Frau, »ich habe meine Mutter nicht gekannt, aber ich habe von ihr gehört - nicht zu Hause, mein Vater hat mir nie von ihr gesprochen; ein alter Kapitän in Hamburg, der in seiner Jugend einst ihr Tänzer war, erzählte mir von ihr -, sie ist schön gewesen; aber sie hat auch nichts andres wollen, als nur schön und fröhlich sein; für meinen Vater ist ihr Tod vielleicht ein Glück gewesen - ich hatte oftmals Sehnsucht nach dieser Mutter; aber, Anna - ich glaube, ihr Sohn, den hättest du besser nicht zum Manne genommen.«

In leidenschaftlicher Bewegung schlang das junge Weib den freien Arm um ihres Mannes Nacken. »Heinrich, ich weiß es, ich bin anders als du, als deine Mutter; aber darum eben bin ich dein und bin bei dir; wolle auch du nur bei mir sein, geh nur abends nicht immer fort, auch um deines alten Vaters willen tu das nicht! Er grämt sich, wenn er dich in der Gesellschaft weiß.«

Aber bei Heinrich hatte infolge der letzten Worte die Stimmung schon gewechselt. Er löste Annas Arm von seinem Halse, und mit einem Scherz, der etwas unsicher über seine Lippen kam, sagte er: »Was kann den ich dafür, wenn der Wein, den ich trinke, meinem Vater Kopfweh macht?«

Mit einer heftigen Bewegung schloß Anna den Knaben an ihre Brust. »Sei versichert, Heinrich, ich werde treulich sorgen, daß dieses Kind das nicht dereinst von seinem Vater sage!«

»Nun, nun, Anna! Es war ja nicht so bös gemeint.«

– – Wie es immer gemeint sein mochte, anders war es deshalb nicht geworden. Der Nachtwächter, wenn er derzeit auf seiner Runde sich Heinrichs Haus näherte, sah oft den Kopf der jungen Frau aus dem offenen Fenster in die nächtlich stille Gasse hinaushorchen; er kannte sie wohl, denn er war der Vater jenes Nachbarkindes, mit dem Anna sich einst so liebreich umhergeschleppt hatte. Ehrerbietig, ohne von ihr bemerkt zu werden, zog er im Vorübergehen seinen Hut und rief erst weit hinter ihrem Hause die späte Stunde ab. Aber Anna hatte doch jeden Glockenschlag gezählt, und wenn endlich der bekannte Schritt von unten aus der Straße ihr entgegenscholl, so war er meistens nicht so sicher, als sie ihn am Tage doch noch zu hören gewohnt war. Dann floh sie ins Zimmer zurück und warf angstvoll die Arme über die Wiege ihres Kindes.

In der Stadt schüttelten schon längst die klugen wie die dummen Leute ihre Köpfe, und abends im Ratskeller konnte man von vergnüglichem Lachen die Fuchsperücke auf Herrn Jaspers' Haupte hüpfen sehen; ja, er konnte sich nicht enthalten, seinem Freunde, dem Stadtwaagemeister, wiederholt die tröstliche Zuversicht auszusprechen, daß das Haus in der Süderstraße bald noch einmal durch seine schmutzigen Maklerhände gehen werde.

Indessen hatte Carsten einen stillen, immer wiederkehrenden Kampf mit seinem eigenen Kinde zu bestehen. Damals bei Eingehung der Ehe hatte er es bei den Brautleuten durchgesetzt, daß ein Teil von Annas Vermögen als deren Sondergut unter seiner Verwaltung gebliebene war; jetzt sollte auch dieses in das Kompaniegeschäft hineingerissen werden; aber Anna, welche, seit sie Mutter geworden war, diesen Rest als das Eigentum ihres Kindes betrachtete, hatte alles in ihres Ohms und Vaters treue Hand gelegt. – Stöhnend, wenn nach solcher Verhandlung der Sohn ihn unwillig verlassen hatte, blickte der Greis wohl nach dem Ofen, in dem vor Jahren die Reste jener Briefe verbrannt waren, oder er stand vor seinem Familienbilde und hielt stummen, schmerzlichen Zwiesprach mit dem Schatten seiner eignen Jugend.

Ein anscheinend unbedeutender Umstand kam noch hinzu. In einer Nacht, es mochte schon gegen zwei Uhr morgens sein, erkrankte die alte Brigitte plötzlich, und da nur über Tag eine Aushilfsfrau im Hause war, so machte Carsten sich selber auf, den Arzt zu holen.

Sein Rückweg führte ihn an jener vorerwähnten Wirtsstube vorüber, aus deren Fenster allein in der dunkeln Häuserreihe noch ein Lampenschein auf die Straße hinausfiel. Gäste schienen nicht mehr dort zu sein, denn es war ganz still darinnen; und schon hatte Carsten das Haus im Rücken, da drang von dort ein heiserer Laut in seine Ohren, der ihn plötzlich stillstehen machte; in dieser häßlichen Menschenstimme, in der sich eine andre ihm bekannte zu verstecken schien, war etwas, das ihn auf den Tod erschreckte. Er konnte nicht weiter, er mußte zurück; lauernd und gierig, noch einmal und genauer dann zu hören, stand er unter dem Fenster der verrufenen Kneipe. Und noch einmal kam es, müde, wie von lallender Zunge ausgestoßen. Da schlug der Alte beide Hände über den Kopf zusammen, und sein Stock fiel schallend auf die Steine.

Brigitte genas allmählich, soweit man im fünfundsiebzigsten Jahre noch genesen kann; Carsten aber hatte seit jener Nacht auch seinen letzten Schlaf verloren. Immer meinte er, von jener Trinkstube her, die doch mehrere Straßen weit entfernt lag, die heisere Stimme seines Sohnes zu hören; er setzte sich auf in seinen Kissen und horchte auf die Stille der Nacht; aber immer wieder in kleinen Pausen löste sich aus ihr jener furchtbare Ton; seine hagere Hand griff in das Dunkel hinein, als wolle sie die des Sohnes fassen; aber schlaff fiel sie alsbald über den Rand des Bettes nieder.

Seine Gedanken flogen zurück in Heinrichs Kinderzeit; er suchte sich das glückliche Gesicht des Knaben zurückzurufen, wenn es hieß: »Am Deich spazierengehen«; er suchte seinen Jubel zu hören, wenn ein Lerchennest gefunden oder eine große Seespinne von der Flut ans Ufer getrieben wurde. Aber auch hier kam etwas, um seinen kargen Schlaf mit ihm zu teilen. Nicht nur, wenn es von den Nordseewatten her an sein Fenster wehte, sondern auch in todstiller Nacht, immer war jetzt das eintönige Tosen des Meeres in seinen Ohren; wie zur Ebbezeit von weit draußen, hinter der Schmaltiefe schien es herzukommen; statt des glücklichen Gesichtes seines Knaben sah er die bloßgelegten Strecken des gärenden Wattenschlamms im Mondschein blänkern, und daraus flach und schwarz erhob sich eine öde Hallig. Es war dieselbe, bei der er einst mit Heinrich angefahren, um Möwen- oder Kiebitzeier dort zu suchen. Aber sie hatten keine gefunden; nur den aufgeschwemmten Leichnam eines Ertrunkenen. Er lag zwischen dem urweltlichen Kraut des Queller, von großen Vögeln umflogen, die Arme ausgestreckt, das furchtbare Totenantlitz gegen den Himmel gekehrt. Schreiend, mit entsetzten Augen, hatte bei diesem Anblick der Knabe sich an den Vater angeklammert.

Immer wieder, ja selbst im Traum, wohin diese Vorstellungen ihn verfolgten, suchte der Greis seine Gedanken nach friedlicheren Orten hinzulenken; aber jedes Wegen der Luft führte ihn zurück auf jenes furchtbare Eiland.

Auch die Tage waren anders geworden; der alte Carsten Curator führte zwar noch diesen seinen Beinamen; aber er führte ihn fast nur noch wie ein pensionierter Beamter seinen Amtstitel und freilich ohne alle Pension. Die meisten seiner derartigen Geschäfte waren in jüngere Hände übergegangen; nur das kleine städtische Amt, das er derzeit wirklich erhalten hatte, wurde noch von ihm bekleidet, und auch der Wollwarenhandel ging in Brigittes alternder Hand seinen freilich immer schwächeren Gang.

Es war an einem Nachmittag zu Anfang des November. Der Wind kam steif aus Westen; der Arm, mit dem die Nordsee in Gestalt des schmalen Hafens in die Stadt hineinlangt, war von trübgrauem Wasser angefüllt, das kochend und schäumend schon die Hafentreppen überflutet hatte und die kleinen vor Anker liegenden Inselschiffe hin und wider warf. Hie und da begann man schon vor Haustüren und Kellerfenstern die hölzernen Schotten einzulassen, zwischen deren doppelte Wände dann der Dünger eingestampft wurde, der schon seit Wochen auf allen Vorstraßen lagerte.

Aus dem Hause an der Twiete trat, von Brigitte zur Tür geleitet, ein junger Schiffer, der sich mit einer wollenen Jacke für den Winter ausgerüstet hatte; aber der Sturm riß ihm das Papier von seinem Packen und den Hut vom Kopfe. »Oho, Jungfer Brigitte«, rief er, indem er seinem Hute nachlief, »der Wind ist umgesprungen; das gibt bös Wasser heut!«

»Herr du mein Jesus!« schrie die Alte; »sie dämmen überall schon vor! Christinchen, Christinchen!« – sie wandte sich zu einem Nachbarskinde, das sie in Abwesenheit der Eltern in ihrer Obhut hatte –, »die Schotten müssen aus dem Keller! Lauf in die Krämerstraße; der lange Christian, er muß sogleich herüberkommen!«

Das Kind lief; aber der Sturm faßte es und hätte es wie einen armen Vogel gegen die Häuser geworfen, wenn nicht zum Glück der lange Christian schon gekommen wäre und es mit zurückgebracht hätte.

Die Schotten wurden herbeigeholt und vor der Haustür bis zu halber Mannshöhe eingelassen. Als die Dämmerung herabfiel, war fast der ganze Hafenplatz schon überflutet; aus den dem Bollwerk nahe gelegenen Häusern brachte man mit Booten die Bewohner nach den höheren Stadtteilen. Die Schiffe drunten rissen an den Ankerketten, die Masten schlugen gegeneinander; große weiße Vögel wurden mitten zwischen sie hineingeschleudert oder klammerten sich schreiend an die schlotternden Taue.

Brigitte und das Kind hatten eine Zeitlang der Arbeit des langen Christian zugesehen; jetzt saßen sie im Dunkeln in der Stube hinter den fest angeschrobenen Fensterläden. Draußen das Klatschen des Wassers, das Pfeifen in den Schiffstauen, das Rufen und Schreien der Menschen; wie grimmig zerrte es an den Läden, als wollte es sie herunterreißen. »Hu«, sagte das Kind, »es kommt herein, es holt mich!«

»Kind, Kind«, rief die Alte, »was sprichst du da? Was soll hereinkommen?«

»Ich weiß nicht, Tante; das, was da außen ist!«

Brigitte nahm das Kind auf ihren Schoß.

»Das ist der liebe Gott, Christinchen; was der tut, das ist wohlgetan. – Aber komm, wir wollen oben nach meiner Kammer gehen!«

Währenddessen war Carsten hinten im Pesel beschäftigt; er packte die in dem einen Schranke lagernden alten Papiere und Rechnungsbücher aus und trug sie nach der Kammer des Seitenbaues hinauf; denn erst nach etwa einer Stunde war hohe Flut; das untere Haus war heute nicht sicher vor dem Wasser.

Eben trat er, eine brennende Unschlittkerze in der Hand, wieder in den Pesel; das im Zuge qualmende Licht, welches er in Ermangelung eines Tisches auf die Fensterbank niedersetzte, ließ den hohen Raum mit den mächtigen Schränken nur um so düsterer erscheinen; bei dem schräg von Westen einfallenden Sturme rasselten die in Blei gefaßten Scheiben, als sollten sie jeden Augenblick auf die Fliesen hineingeschleudert werden.

Der Greis schien es desungeachtet und trotz der Schreie und Rufe, die von der Straße zu ihm hereindrangen, nicht eben eilig mit seiner Arbeit zu haben. Sein Haus, das steinerne, würde schon stehenbleiben; ein andrer Untergang seines Hauses stand ihm vor der Seele, dem er nicht zu wehren wußte. Am Vormittage war Anna da gewesen und hatte, als letzte Rettung ihres Mannes, nun selbst die Auslieferung ihrer Wertpapiere von ihm verlangt; aber auch ihr, die zu dieser Forderung berechtigt war, hatte er sie abgeschlagen. »Verklage mich; dann können sie mir gerichtlich abgenommen werden!«

Er wiederholte sich jetzt die Worte, mit denen er sie entlassen hatte, und Annas gramentstelltes Antlitz stand vor ihm auf, eine stumme Anklage, der er nicht entgehen konnte.

Als er sich endlich wieder an dem Schranke niederbückte, hörte er draußen die Tür, welche von der Twiete in den Hof führte, gewaltsam aufreißen; bald darauf wurde auch die Hoftür des Pesels aufgeklinkt, und wie vom Sturm hereingeworfen, stand mitten in dem düsteren Raume eine Gestalt, in der Carsten allmählich seinen Sohn erkannte.

Aber Heinrich sprach nicht und machte auch keine Anstalt, die Tür, durch welche der Sturm hereinblies, wieder zu schließen. Erst nachdem sein Vater ihn aufgefordert hatte, tat er das; doch war ihm mehrmals die Klinke dabei aus der Hand geflogen.

»Du hast mir noch keinen guten Abend geboten, Heinrich«, sagte der Alte.

»Guten Abend, Vater.«

Carsten erschrak, als er den Ton dieser Stimme hörte; nur einmal, in einer Nacht nur hatte er ihn gehört. »Was willst du?« frug er. »Weshalb bist du nicht bei Frau und Kind? Das Wasser wird längst in eurem Garten sein.«

Was Heinrich hierauf erwiderte, war bei dem Tosen, das von allen Seiten um das Haus fuhr, kaum zu hören.

»Ich verstehe dich nicht! Was sagst du?« rief der Greis. – »Das Geld? Die Papiere deiner Frau? – Nein, die gebe ich nicht!«

»Aber – ich bin bankerott – schon morgen!« Die Worte waren gewaltsam hervorgestoßen, und Carsten hatte sie verstanden.

»Bankerott!« Wie betäube wiederholte er das eine Wort. Aber bald danach trat er dicht zu seinem Sohn, und die hagere Hand wie zu eigner Stütze gegen seine Brust pressend, sagte er fast ruhig: »Ich bin weit mit dir gegangen, Heinrich; Gott und dein armes Weib wollen mir das verzeihen! Ich gehe nun nicht weiter; was morgen kommt – wir büßen beide dann für eigne Schuld.«

»Vater! mein Vater!« stammelte Heinrich. Er schien die Worte, die zu ihm gesprochen wurden, nicht zu fassen.

In jähem Andrang streckte der Greis beide Arme nach dem Sohne aus; und wenn die in dem großen Raume herrschende Dämmerung es gestattet hätte, und wenn seine Augen klar genug gewesen wären, Heinrich hätte vor dem Ausdruck in seines Vaters Angesicht erschrecken müssen; aber die Schwäche, welche diesen für einen Augenblick überwältigt hatte, ging vorüber. »Dein Vater?« sagte er, und seine Worte klangen hart. »Ja, Heinrich! – Aber ich war doch etwas andres – die Leute nannten mich danach –, nur ein Stück noch habe ich davon behalten; sieh zu, ob du es aus meinen alten Händen reißen kannst! Denn – betteln gehen, das soll dein Weib doch nicht, weil ihr Kurator sie für seinen schlechten Sohn verraten hat!« Von draußen drang ein Geschrei herein, und aus entfernten Straßen scholl der dumpfe herkömmliche Notruf: »Water! Water!«

»Hörst du nicht?« rief der Alte; »die Schleuse ist gebrochen! Was stehst du noch? Ich habe keine Hilfe mehr für dich!«

Aber Heinrich antwortete nicht; er ging auch nicht; mit schlaff herabhängenden Armen blieb er stehen.

Da, wie in plötzlicher Anwandlung, griff Carsten nach der flackernden Unschlittkerze und hielt sie dicht vor seines Sohnes Angesicht.

Zwei stumpfe gläserne Augen starrten auf ihn hin.

Der Greis taumelte zurück. »Betrunken!« schrie er, »du bist betrunken!«

Er wandte sich ab; mit der einen Hand die qualmende Kerze vor sich haltend, die andre abwehrend hinter sich gestreckt, wankte er nach der Tür des Seitenbaues. Als er hindurchschritt, fühlte er sich an seinem Rocke gezerrt; aber er machte sich los, es wurde finster im Pesel, und von der andern Seite drehte sich der Schlüssel in der Tür.

Der Trunkene war plötzlich seiner Sinne mächtig geworden. Wie aus dem Nebel eines Traumes erwachend, fand er sich allein in dem ihm wohlbekannten dunklen Raume; er wußte mit einem Male jedes Wort, das zu ihm gesprochen war. Er tastete an der verschlossenen Tür, er rüttelte daran. »Vater! hör mich!« rief er, »hilf mir, mein Vater! nur noch dies eine, letztemal!« Und wieder rüttelte er, und noch einmal mit lauter Stimme rief er es. Aber, ob der Sturm es verwehte, oder ob seines Vaters Ohr für ihn verschlossen war, ihm wurde nicht geöffnet; nichts hörte er als das Toben in den Lüften und zwischen den Schluchten der Höfe und Häuser.

Eine Weile noch stand er, das Ohr gegen die Tür gedrückt; dann endlich ging er fort. Aber nicht durch den Hof nach der Twiete, wo

die Tür vielleicht noch frei von Wasser war; er ging durch den Flur
an die Schotten der offenen Haustür, an denen schon bis zur halben
Höhe das Wasser hinaufklatschte. Der Mond war aufgestiegen; aber
am Himmel flogen die Wolken; Licht und Dunkel jagten abwech-
selnd über die schäumenden Wasser. Vor ihm über der Schleuse,
wo es ostwärts durch die Häuserlücke nach den Gärten und Wiesen
geht, schien jetzt ein mächtiger Strom hinabzuschießen; er glaubte
den Todesschrei der Tiere zu hören, welche die erbarmungslosen
Naturgewalten wie im Taumel dort vorüberrissen. Ihn schauderte –
was wollte er hier? – Aber gleich darauf warf er den bleichen, noch
immer jugendlich schönen Kopf zurück. »Oiho, Jens!« rief er plötzlich; er hatte seitwärts unter den Häusern ein mit zwei Leuten be-
manntes Boot erblickt, das zu einem der früheren Austernschiffe
gehörte. Ein trotziger Übermut sprühte aus seinen eben noch so
stumpfen Augen. »Gib mir das Boot, Jens! Oder habt ihr selbst noch
was damit?«

»Diesmal nicht!« scholl es zurück. »Aber wohin will der Herr?«

»Wohin? Ja, wohin? Dort, nur querüber nach der Krämerstraße!«

Das winzige Boot legte sich an die Schotten.

»Steigt ein, Herr; aber setzt uns hier nebenan beim Schlachter ab!«

Heinrich stieg ein, und die beiden andern wurden, wie sie es ver-
langten, ausgesetzt. Als sie aber dort hinter den Schotten in der
Haustür standen, sahen sie bald, daß das Boot nicht, wie Heinrich
angegeben, in den sicheren Paß der Straße lenkte. »Herr, zum Teufel«, schrie der eine, »wo wollt Ihr hin?«

Heinrich war noch im Schutze der Häuserreihe.

»Nach Haus!« rief er zurück. »Hintenum nach Haus!«

»Herr, seid Ihr toll! Das geht nicht! das Boot kentert, eh Ihr um
die Schleuse seid!«

»Muß gehen!« kam es noch einmal halb verweht zurück; dann
schoß das Boot in den wüsten Wasserschwall hinaus. Noch einen
Augenblick sahen sie es wie einen Schatten von den Wellen auf und
ab geworfen; als es über der Schleuse in die Häuserlücke gelangte,
wurde es vom Strom gefaßt. Die Leute stießen einen Schrei aus; das
Boot war jählings ihrem Blick verschwunden. –

»War mir doch«, sagte Brigitte oben in ihrer Kammer zu dem Kinde, »als hätte ich vorhin des Onkel Heinrichs Stimme gehört! Aber wie sollte der hierherkommen!« Dann ging sie hinaus und rief von der Treppe in den dunklen Flur hinab: »Heinrich, bist du da, Heinrich?« – Als keine Antwort kam, schüttelte sie den Kopf und horchte noch einmal; aber nur das Wasser klatschte gegen die Schotten.

Sie ging vollends in das Unterhaus hinab, entzündete mit Mühe ein Licht und stellte es nicht das Ladenfenster; dann, nachdem sie den Wasserstand besichtigt hatte, stieg sie wieder hinauf in ihre Kammer. »Sei ruhig, Christinchen, das Wasser kommt heute nicht ins Haus; aber der Onkel Heinrich ist auch nicht da gewesen.«

Wohl eine Viertelstunde war vergangen; draußen schien es ruhiger zu werden, die Leute saßen abwartend in ihren Häusern. Da setzte Brigitte plötzlich das Kind von ihrem Schoße. »Was war das? Hörtest du das, Christinchen?« Und wieder lief sie nach der Treppe. »Ist jemand unten?« rief sie in den Flur hinab.

Eine Männerstimme antwortete durch die offene Haustür. –

»Was wollt Ihr? Seid Ihr's denn, Nachbar?« fragte die Alte. »Wie seid Ihr an das Haus gekommen?«

»Ich hab' ein Boot, Brigitte, aber kommt einmal herab!«

So rasch sie vor dem Kinde konnte, das sich wieder an ihren Rock geklammert hatte, stieg sie die Treppe hinab. »Was ist denn, Nachbar? Gott schütze uns vor Unglück!«

»Ja, ja, Brigitte, Gott schütze uns! Aber hinter der Krämerstraße auf den Fennen ist ein Mensch in Not.«

»Allbarmherziger Gott, ein Mensch! Wollt Ihr das große Tau von unserm Boden?«

Der Mann schüttelte den Kopf. »Es ist zu weit, der Mensch sitzt auf dem hohen Scheuerpfahl, der nur noch eben über Wasser ist. Hört nur! Man kann ihn schreien hören! – Nein, nein, es war nur der Wind. Aber drüben von des Bäckers Hausboden können sie ihn sehen.«

»Bleibt noch!« sagte die Alte. »Ich will Carsten rufen; vielleicht weiß der noch Rat.«

Ein paar Worte noch wechselten sie; dann lief Brigitte nach dem Pesel. Aber es war dunkel, Carsten war nicht dort. Als sie sich mit dem Kinde nach der Ecke des Seitenbaues hingetastet hatte, fand sie die Tür verschlossen.

»Carsten, Carsten!« rief sie und schlug mit beiden Händen drauf-los. Endlich kam es die Treppe herab, der Schlüssel drehte sich, und Carsten mit der heruntergebrannten Kerze in der Hand trat ihr totenbleich entgegen.

»Um Gottes willen, Bruder, wie siehst du aus! Warum verschließt du dich? Was hast du oben in der Totenkammer aufgestellt?«

Er sah sie ruhig, aber wie abwesend aus seinen großen Augen an.

»Was willst du, Schwester?« fragte er. »Ist denn das Wasser schon im Fallen?«

»Nein, Bruder; aber es hat ein Unglück gegeben!« Und sie berich-tete mit fliegenden Worten, was der Nachbar ihr erzählt hatte.

Die steinerne Gestalt des Alten wurde plötzlich lebendig. »Ein Mensch? Ein Mann, Brigitte?« rief er und packte den Arm seiner alten Schwester.

»Freilich, freilich; ein Mann, Bruder!«

Das Kind, das Brigittens Rock nicht losgelassen hatte, streckte jetzt sein Köpfchen vor. »Ja, Carsten Ohm«, sagte es wichtig, »und der Mann ruft immer nach seinem Vater! Von Nachbar Bäcker sei-nem Boden können sie ihn schreien hören!«

Carsten ließ das Licht auf die Fliesen fallen und stürzte fort. Er war schon drunten vor den Schotten und wäre in das Wasser hin-ausgestiegen, wenn ihm der Nachbar nicht noch zur Not ins Boot geholfen hätte.

Einige Augenblicke später stand er drüben in der Krämerstraße auf dem dunklen Boden des Bäckers und ließ durch die offene Luke seine Blicke in den nächtlichen Graus hinausirren.

»Wo? wo?« fragte er zitternd.

»Guckt nur geradeaus! Der Pfahl auf Peter Hansens Fenne!« ant-wortete der dicke Bäcker, der, mit den Daumen in den Armlöchern seiner Weste, neben ihm stand. »'s ist nur zu dunkel jetzt; Ihr müßt warten, bis der Mond wieder vorkommt! Aber ich geh nach unten; ich bin zu weich; ich halt's nicht aus, das Schreien hier mit anzuhören.«

»Schreien? Ich höre nichts!«

»Nicht? Nun, helfen kann's dem drüben auch nicht weiter.«

Eine blendende Mondhelle brach durch die vorüberjagenden Wolken und beleuchtete das geisterbleiche Gesicht des Greises, der sein fliegendes Haar mit beiden Händen hielt, während die großen Augen angstvoll über die schäumende Wasserwüste schweiften.

Plötzlich zuckte er zusammen.

»Carsten, alle Teufel, Carsten!« rief der Bäcker, der trotz seines weichen Herzens noch zur Stelle war; denn in demselben Augenblick war Carsten lautlos in die Arme des dicken Mannes hingefallen.

»Ja, so«, setzte er hinzu, als er nun auch einen Blick durch die Luke tat; »der Pfahl ist, bei meiner armen Seele, leer! Aber was zum Henker ging denn das den Alten an!«

Es ist zwar nie ermittelt worden, wer der Mensch gewesen, dessen Notschrei derzeit von der Flut erstickt wurde; gewiß aber ist es, daß Heinrich weder in jener Nacht noch später wieder nach Hause gekommen oder überhaupt gesehen worden ist.

Im übrigen hat Herrn Jaspers' fröhliche Zuversicht sich mehr noch als bewährt; nicht nur das Haus in der Süderstraße, auch das an der Twiete ging bald durch seine Hände. Nur Tante Brigittens Sarg stand noch im kühlen Pesel und wurde von da zur ewigen Ruhe hinausgetragen. Carsten mußte ausziehen; während drinnen der Auktionshammer schallte, ging er, von Anna gestützt, aus seinem alten Hause, um es niemals wieder zu betreten. Oben in der Süderstraße, weit hinter Heinrichs früherem Gewese, dort, wo die letzten kleinen Häuser mit Stroh gedeckt sind, war jetzt ihre gemeinschaftliche Heimat. Ein Amt bekleidete Carsten nicht mehr, auch sonst betrieb er keine Geschäfte; denn in jener Nacht war er vom Schlage getroffen worden, und sein Kopf hatte gelitten; dagegen war er noch wohl geeignet, den kleinen Heinrich zu warten, welcher den halben Tag auf seines Großvaters Schoß zubrachte. Not litt der Alte nicht, obgleich Anna auch den letzten Bruchteil ihres Vermögens um des Gedächtnisses ihres Mannes willen hingegeben hatte; aber ihre Hände und ihr Mut waren nimmer müde. Sie war völlig verblüht, nur ihr schönes blondes Haar hatte sie noch behalten; aber eine geistige Schönheit leuchtete jetzt von ihrem Antlitz, die sie früher nicht besessen hatte; und wer sie damals in ihrer hohen Gestalt zwischen dem Kinde und dem zum Kind gewordenen Manne erblickt hat, dem mußten die Worte der Bibel ins Gedächtnis kommen: Stirbt auch der Leib, doch wird die Seele leben!

Für den Greis aber bildete es eine täglich wiederkehrende Lust, die Züge der Mutter in dem kleinen Antlitz seines Enkels aufzusuchen. »Dein Sohn, Anna; ganz dein Sohn!« pflegte er nach längerer Betrachtung auszurufen. »Er hat ein glückliches Gesicht!« Dann nickte Anna und sagte lächelnd: »Ja, Großvater; aber der Junge hat ganz Eure Augen.«

Und so geht es fort in den Geschlechtern: die Hoffnung wächst mit jedem Menschen auf; aber keiner denkt daran, daß er mit jedem Bissen seinem Kinde zugleich ein Stück des eignen Lebens hingibt, das von demselben bald nicht mehr zu lösen ist.

Heil dem, dessen Leben in seines Kindes Hand gesichert ist; aber auch dem noch, welchem von allem, was er einst besessen, nur eine barmherzige Hand geblieben ist, um seinem armen Haupte die letzten Kissen aufzuschütteln.

Über tredition

Eigenes Buch veröffentlichen

tredition wurde 2006 in Hamburg gegründet und hat seither mehrere tausend Buchtitel veröffentlicht. Autoren veröffentlichen in wenigen leichten Schritten gedruckte Bücher, e-Books und audioBooks. tredition hat das Ziel, die beste und fairste Veröffentlichungsmöglichkeit für Autoren zu bieten.

tredition wurde mit der Erkenntnis gegründet, dass nur etwa jedes 200. bei Verlagen eingereichte Manuskript veröffentlicht wird. Dabei hat jedes Buch seinen Markt, also seine Leser. tredition sorgt dafür, dass für jedes Buch die Leserschaft auch erreicht wird.

Im einzigartigen Literatur-Netzwerk von tredition bieten zahlreiche Literatur-Partner (das sind Lektoren, Übersetzer, Hörbuchsprecher und Illustratoren) ihre Dienstleistung an, um Manuskripte zu verbessern oder die Vielfalt zu erhöhen. Autoren vereinbaren direkt mit den Literatur-Partnern die Konditionen ihrer Zusammenarbeit und partizipieren gemeinsam am Erfolg des Buches.

Das gesamte Verlagsprogramm von tredition ist bei allen stationären Buchhandlungen und Online-Buchhändlern wie z. B. Amazon erhältlich. e-Books stehen bei den führenden Online-Portalen (z. B. iBookstore von Apple oder Kindle von Amazon) zum Verkauf.

Einfach leicht ein Buch veröffentlichen: **www.tredition.de**

Eigene Buchreihe oder eigenen Verlag gründen

Seit 2009 bietet tredition sein Verlagskonzept auch als sogenanntes "White-Label" an. Das bedeutet, dass andere Unternehmen, Institutionen und Personen risikofrei und unkompliziert selbst zum Herausgeber von Büchern und Buchreihen unter eigener Marke werden können. tredition übernimmt dabei das komplette Herstellungs- und Distributionsrisiko.

Zahlreiche Zeitschriften-, Zeitungs- und Buchverlage, Universitäten, Forschungseinrichtungen u.v.m. nutzen diese Dienstleistung von tredition, um unter eigener Marke ohne Risiko Bücher zu verlegen.

Alle Informationen im Internet: **www.tredition.de/fuer-verlage**

tredition wurde mit mehreren Innovationspreisen ausgezeichnet, u. a. mit dem Webfuture Award und dem Innovationspreis der Buch Digitale.

tredition ist Mitglied im Börsenverein des Deutschen Buchhandels.

Dieses Werk elektronisch lesen

Dieses Werk ist Teil der Gutenberg-DE Edition DVD. Diese enthält das komplette Archiv des Projekt Gutenberg-DE. Die DVD ist im Internet erhältlich auf **http://gutenbergshop.abc.de**